길 위에서 읽는 시

길 위에서 읽는 시

○

김남희 지음

문학동네

차례

들어가며

시를 읽는다는 것

겨울이었다. 봄이 오면 큰 산에 오르기 위해 떠날 남자가 있었다. 몇 달간 외롭고 높은 길을 걸어갈 그를 위해 나는 한 권의 노트를 만들었다. 노트의 한쪽에는 좋아하는 시를 적고, 다른 쪽에는 그에게 보내는 편지를 썼다. 겨울밤은 길고도 길어 시를 고르고, 옮겨 적기에 충분했다. 매일 한 장씩 노트를 채워갔다. 보름달이 두 번 떠오를 동안 만든 그 노트를 떠나던 그에게 건넸다. 하루에 한 장씩만 읽으라는 당부와 함께. 그는 텐트에 누워 밤마다 한 편의 시와 편지를 읽었다고 했다. 한 사람을 위해 시를 고르고 옮겨 적던 두 달의 시간이 히말라야의 희박한 공기 속에서 꼭 그만큼의 시간으로 되살아났다.

그는 떠났지만 노트는 남았다. 이 책은 그 노트에서 시작되었다. 시를 읽던 그 밤의 습관을 버리지 못해 여기까지 오게 되었다. 잠들지 못하고 깨어 혼자 시를 읽던 밤의 그 고요한 평화와 충만한 고독을 전하고 싶었다.

나는 늘 세상이 길들이지 못한 영혼이고 싶었다. 무리짓지 않아도 당당한 단독자로 우아하게 늙고 싶었다. 사십대 중반을 넘기고 나니 우아하고 당당한 삶은 멀어지고 가난한 독거노인의 삶만 가까워지고 있다. 그래도 내 안의 작은 소녀를 지키고 싶다는 야망은 남아 있다. 알지 못하는 것을 두려워하기보다 호기심을 품고 다가가고, 매번 상처 입으면서도 사람의 마음에 뛰어들고, 계절의 변화에 절대로 무심하지 않으며, 최악의 순간에도 유머만은 잃지 않고, 눈치도 없이 혼자 "아니다(No)"라고 말하며 대책 없이 오늘을 사는 소녀. 누구의 가슴에나 남아 있을 철들지 않은 소년과 소녀의 얼굴. 인생의 무자비함을 알아갈수록 작아지고 희미해지는 그 소녀가 마침내 내 안에서 사라진다면, 그날이 내가 늙는 날이라고 믿는다. 그 욕심 때문에 여행을 하고, 산책을 하고, 시를 읽는다.

혼자 여행을 하고, 혼자 살아가는 나는 늘 혼자인 시간이 넘쳐났다. 그 늘어지는 시간을 채우는 가장 쉬운 방법이 내게는 무언가를 읽는 일이었다. 소설을 읽고, 시를 읽고, 잡문을 읽었다. 시와 소설이 곁에 있는 한, 혼자여도 나는 혼자가 아니었다. 시를 쓸 수 있다면 완벽하겠지만, 이번 생에서는 언감생심. 그러니 시인의 시선을 빌리는 수밖에. 잘 벼린 감수성과 발칙한 상상력으로 세계와 사물을 엉뚱하게 바라보는 시를 읽으며 굳어가는 내 심장을 정기적으로 흔드는 것. 당연하다고 믿었던 것에 질문을 던지게 만들고, 외면하고 싶었던 세계의 존재를 드러내는 시를 읽으며 끝내 혼자서는 살아갈 수는 없는 게 삶임을 확인한다. 시는 나에게 혼자 살아가는 법과 연대하는 마음을 동시에 가르쳐주었다. 여행이 일상에서는 보이지 않던 이들을 만나 들리지 않던 소리를 듣게 해주는 것처럼 시도 잘 보이지 않는 것들을 드러내 그것들의 목소리를 들려준다. 그래서 시와 여행은 닮아 있다.

시는 잠들기 전 침대에 누워서, 카페에서 커피를 마시며, 기차를 기다리는 대합실에서, 식당에서 밥을 먹으면서 읽기에 좋았다. 소설처럼 긴 호흡을 이어가지 않아도 괜찮아서 어떤 장소에서든 꺼내들기 편했다. 소설보다 어려울 때가 많았지만 덕분에 더 깊고 넓은 세계로 들어갈 수 있었다. 한 사람이 떠난 자리에 남은 상흔을, 겨울 숲에 빈 몸으로 서 있는 나무들의 견결함을, 고단한 아버지의 어깨에 놓인 삶의 무게를, 가을밤의 이유 모를 쓸쓸함을, 반복되는 일상에서 놓치기 쉬운 작고 사소한 것들의 아름다움을 시는 내게 전해줬다. 나에게는 없는 투명하고 예민한 시선으로 세상과 사물의 이면을 더듬어 내 앞에 놓아주었다. 계절에 따라 찾아 읽는 시들과 마음의 상태에 따라 꺼내드는 시집들이 생겨났다. 새 시집이 나오면 무조건 찾아 읽는 시인도 생겨났다. 그렇게 혼자 읽던 시를 어떤 순간에는 누군가에게 들려주고 싶었나보다. 나는 기억도 나지 않는데 몽골의 초원에서도, 제주의 여관방에서도, 히말라야의 발치 포카라에서도 시를 읽어주었다고 한다. 길 위에서 만나 길 위에서 헤어지는 이들에게 시로 마음을 전하기도 했다.

좋아하는 시를 타인과 함께 나누는 일은 여행지에서만으로 한정되지 않았다. 서울에서도 낯선 이들을 불러모아 시를 읽었으니. '시와 산책이 있는 오후'라 이름 붙인 모임은 봄날 오후에 처음 열렸다. 내가 사는 동네를 걸으며 골목에 흐드러진 라일락 꽃향기를 맡고, 언덕에 올라 서울 시내를 내려다보고, 마을을 둘러싼 인왕산과 북악산과 북한산을 올려다봤다. 산책을 마친 후에는 우리집 서재에 모여 앉았다. 모르는 사람들을 집으로 불러들인 건 처음이었다. 그날, 낯도 익히지 못한 우리가 함께 읽은 시인은 광화문 교보문고에 걸린 글로 유명해진 메리 올리버였다. 저마다 시집을 펼쳐들고 돌아가며 그녀의 시를 읽었다. 이를테면 이런 구절들이었다. "모든 말은 전령, 어떤 말들은 날개가 있고, 어떤 말들은 불이 가득하고, 어떤 말들은 죽음이 가득하지." "나 자신, 나 자신, 나 자신, 그 소중한 오두막! 그게 얼마나 순식간에 타버릴지!" 창밖의 인왕산으로 해가 넘어가고, 거리에 어둠이 내릴 때까지 우리는 몰입했다. 혼자 읽을 때와는 느낌이 달랐다. 소리내어 읽음으로써 시의 운율이 더 살아났고, 다른 이의 목소리로 시를 듣는 동시에 눈으로도 읽어 이중의 더듬이로 시를 느끼는 기분이 들었다. 시가 더 가까이 다가오는 것 같았다.

모두가 돌아간 밤, 혼자 집에 남은 나는 생각했다. 처음 만나는 사람들끼리 돌아가며 시를 읽는다는 건 무슨 의미일까. 그렇게 모여서 시를 읽는다는 건, 이 차가운 세상에서 아직 우리가 타인에게 위로받는 존재임을 알아채는 것이고, 세상이 우리에게 모질어지기를 요구한대도 냉소에 빠지지 않는다는 것이고, 지금 어디선가 혼자인 이에게 혼자가 아니라고 손 내밀 수 있다는 것이고, 피곤한 일상에서도 소소한 기쁨과 위안을 포기하지 않겠다는 것이고, 그렇다면 우리가 시인이 될 수는 없겠지만 시적인 삶을 살 수는 있는 거라고, 그렇게 생각했다. 그렇게 살 수 있다면 우리 안의 아직 늙지 않은 소년과 소녀를 지켜낼 수 있지 않을까. 우리가 끝내 길들지 않는 영혼으로 남아 스스로의 삶을 구원할 수만 있다면, 타인에게도 더 단단한 어깨를 빌려줄 수 있지 않을까. 메리 올리버가 말했듯 삶의 '불가해함에 덤벼들어 연약한 주먹으로, 절망의 격한 용기로 가망 없는 공격'을 하며 버티는 것이 우리의 슬픈 운명이라 해도.

미리 이야기하자면 이 책에서 시를 소개하긴 하지만 시를 논하거나 평하지는 않는다. 나에게는 그럴 능력이 없기 때문이다. 단지 세상을 살아오는 동안 나를 위로해준 시를 골라 그 시를 읽었던 시간과 공간의 이야기를 더불어 풀어놓았을 뿐이다. 혼자서 버티고 버티다 지쳐 누군가에게 위로받고 싶은 당신에게 이 책이 가닿을 수 있다면 좋겠다. 어둠에 갇혀 헤매지만 빛을 향해 고개 들기를 포기하지 않는 이가 여기에도 있다는 것을 이 책이 전해준다면 기쁘겠다. 혼자 시를 읽었던 무수한 그 밤에 결코 혼자가 아니었음을 그렇게 확인할 수 있게 되기를.

01

아무것도 아닌 것

○

앨런 긴즈버그, 「너무나 많은 것들Ruhr-Gebiet」

너무나 많은 공장
너무나 많은 음식
너무나 많은 맥주
너무나 많은 담배

너무나 많은 철학
너무나 많은 사고
충분치 않은 공간
충분치 않은 나무

너무나 많은 경찰
너무나 많은 컴퓨터
너무나 많은 하이파이
너무나 많은 돼지고기

회색 슬레이트 지붕 아래
너무나 많은 커피
너무나 많은 담배 연기
너무나 많은 복종

너무나 많은 탐욕
너무나 많은 정장

너무나 많은 서류 작업

너무나 많은 잡지

(…)

지하철에 탄 너무나 많은

피로한 직장인들

(…)

너무나 많은 미친 학생들

충분치 않은 농가들

충분치 않은 사과나무

충분치 않은 잣나무

(…)

"아이슬란드의 사진을 보고 있으니 소수가 떠올라요. 1과 자신으로밖에 나눠지지 않는 소수는 쓸쓸하면서도 고집스럽잖아요. 아이슬란드의 풍경은 소수처럼 외로우면서도 단단해 보여요."

내가 아이슬란드에서 보내준 사진을 본 그는 이렇게 말했다. 그와의 통화를 마친 후 눈을 들어 주변을 둘러봤다. 눈이 희끗희끗 쌓인

적갈색 능선이 끝없이 펼쳐져 있었다. 막막할 정도로 고립무원의 풍경이었다. 그 황량한 아름다움은 사람의 마음을 바닥까지 헤집어놓았다. 지금껏 그런 풍경은 어디에서도 본 적이 없었다.

아이슬란드에는 '신이 세상을 창조하기 전에 연습한 곳이 아이슬란드'라는 말이 있었다. 아이슬란드를 여행하는 내내 의문이 들었다. 여기가 정말 지구인 걸까. 인간계와 천계 사이에 있다는 중간계는 아닐까. 풀 한 포기 자라지 않는 갈색 사막, 굳은 용암이 만들어낸 검은 평원, 연기를 내뿜는 화산, 푸른 얼음덩어리가 떠다니는 바다, 융단처럼 부드러운 초록 이끼가 드리워진 초원. 장엄하게 쏟아져내리는 폭포, 나무 한 그루 보이지 않는 붉은 산, 온통 검은 모래로 이루어진 해변, 부글부글 끓다가 솟구쳐 오르는 간헐천, 옥색 물빛의 온천과 투명한 호수. 고개를 넘으면 늘 낯선 풍경이 기다리고 있었다. 북에서 동으로, 동에서 서로 방향을 바꿀 때마다 새로운 모습이었다. 미처 몰랐던 지구의 신비로운 얼굴이 그곳에 있었다.

태초의 지구가 그런 풍경이 아니었을까. 인간이 개발이라는 이름으로 지구를 무자비하게 파괴하기 전, 인류는 오랫동안 그런 자연에 기대어 살아왔을 것이다. 예측할 수 없는 힘을 지닌 자연에 순응하며 견뎠을 것이다. 참을성을 배우고 겸손을 키웠을 것이다. 통제되지 않는 자연에 기대어 살아가는 법을 익혔을 것이다. 태초의 지구뿐 아니라 어쩌면 최후의 지구 또한 아이슬란드의 풍경과 닮아 있을지도 모른다. 인류가 절멸한 후의 먼 미래 혹은 우주의 먼지로 소멸할 지구의 마지막 모습 말이다. 그러니 할리우드의 영화제작자들이 아이슬란드로 몰려들었을 것이다. 〈노아〉〈프로메테우스〉〈토르: 다크 월드〉〈오블리비언〉〈스타트렉 다크니스〉〈인터스텔라〉를 비롯해 미국 TV 드라마 〈왕좌의 게임〉도 아이슬란드에서 촬영했다. 〈월터의 상상은 현실이 된다〉에서 아프가니스탄, 그린란드, 히말라야로 나오는 배경이 실제로는 전부 아이슬란드라고도 했다.

아이슬란드에서는 어디를 가나 지평선이 보였다. 시야는 어디로든 뚫려 있었다. 광활한 대지를 채우는 건 바람 소리였다. 바람은 몸이 휘청거릴 정도로 불어와 대기를 가르며 울부짖었다. 그 바람 안에 머물고 있으면 어디선가 엘프가 나타나 땅속으로 나를 끌고 들어간다 해도 이상하지 않을 것 같았다. 모든 것을 데려오고, 모든 것을 데려갈 것 같은 바람이 종종 불어왔다. 잿빛 하늘 너머로는 구름이 소용돌이처럼 빠르게 흘러갔다. 이토록 텅 빈 공간으로서의 자연이라면 인간의 상상력이 들어설 여지가 아직 남아 있는 걸까. 아이슬란드에는 전설과 신화가 살아 있었다. 트롤과 엘프, 오딘과 토르의 이야기가 어디에서나 들려왔다. 아이슬란드 사람들에게 엘프의 존재를 믿느냐고 물으면 10퍼센트는 믿는다 답하고, 10퍼센트는 부정하고, 80퍼센트는 관광 산업에서의 엘프의 중요성을 알기에 애매모호한 미소만을 띤다나(내 나라와 비슷한 크기인 이 나라의 인구는 33만 명에 불과하다). 이런 자연을 눈앞에 두고 살아가는 이 나라 사람들이 옆 나라 핀란드에 다녀오면 이런 불평을 한단다. "그 나라에선 어디를 가나 나무가 시야를 가로막아서 제대로 보이는 게 없어."

그렇게 텅 빈 풍경 사이로 작은 집 한 채가 외따로 서 있었다. 바다나 벌판, 초원을 배경으로 저 홀로 빈 풍경을 채우며 다소곳이 서 있는 집들. 이웃집에 가기 위해선 얼마나 걸어야 하는 걸까. 도시의 불빛과 소음 같은 건 도저히 다다를 수 없는, 고립된 공간이었다. 그 풍경을 보고 있으면 앨런 긴즈버그의 시 「너무나 많은 것들」이 떠올랐다. 우리의 삶을 채우는 너무 많은 것들이.

우리는 넘쳐나는 공장에서 만들어내는, 생활을 편리하게 해주는 온갖 가전제품들에 둘러싸여 살아간다. 우리에게는 이제 교회도, 경찰도 다 있지만 살인 사건과 폭력 행위가 점점 더 많이 일어난다. 하루에도 몇 잔씩 커피를 마시고 담배 연기를 내뿜으며 우리가 일군 제도와 법률을 이야기하지만 우리의 얼굴은 피곤에 절어 있다. 어디를 둘러보나 풍요로움이 넘치는데 우리는 빈곤하기 그지없다. 정신적 궁핍만이 아니라 물질적 가난에 내몰리는 이들도 점점 많아진다. 우리가 쏟아내는 말들의 대부분은 의미 없는 헛소리에 지나지 않는다. 우리가 살아가는 도시에 숲은 이미 사라져 깨끗한 공기도, 기대어 쉴 잣나무 한 그루도 부족하기만 하다. 우리에게 간절한 것은 침묵이라고, 몸과 마음을 정화할 수 있는 오염되지 않은 대지에 혼자서 머무는 것이라고 시인은 이야기한다. 시인이 갈망하는 삶이 이 나라에서는 쉬울 것 같았다. 혼자서 자기만의 공간에 고요히 머물 수 있겠구나. 중요하지도 않은 이를 만나 의미 없는 소리를 내뱉으며 시간을 보내는 일 따위는 적겠구나. 침묵 속에서 겸손히 자연에 귀기울이며 살아갈 수 있겠구나. 그런 생각에 샘이 날 정도로 그들이 부러워졌다.

아이슬란드에서는 자연의 힘이 너무 압도적이어서 사람의 삶 따위는 아무것도 아닌 것 같았다. 대지와 하늘과 바람이 만들어내는 기운에 눌려 어쩐지 입을 다물게 되었다. 통제할 수 없는 자연과 더불어 살아가는 그들의 얼굴에는 체념이 어려 있었다. 그 체념은 절망이 아닌 순응, 초조함이 아닌 여유를 품고 있는 것 같았다. 과묵한 데다 무표정한 얼굴이라 인상이 차갑던 이들이 이야기를 나눠보면 놀랄 만큼 다정했다. 속정이 깊고, 유연했다. 유연함이야말로 아이슬란드인의 특질이라고 하는 사람도 있었다. 시도 때도 없이 화산이 터지거나 바다가 거칠어지는 나라에서 유연하지 못하면 어찌 살겠느냐면서.

아이슬란드 사람들에게 직업을 물으면 소방관, 간호사, 경찰 등이라고 제각기 답하고는 한결같이 "그리고 음악을 해요"라고 덧붙인다는 말이 있다. 모두가 뮤지션이라더니, 여행중 내가 만난 이들도 그랬다. 박물관에서 표를 팔던 청년은 록밴드에서 베이스 기타를 맡고 있다 했고, 동네 사진관에서 일하던 처녀는 자신이 그린 그림을 같이 팔고 있었다. 이 나라에는 어디에나 예술가가 넘쳐났다. 음악도, 미술도 혼자 있는 침묵의 시간을 거치지 않고서는 만들어낼 수 없는 것들이었다. 거기에 덧붙여 한 사람이 여러 가지 능력을 발휘해야 살아갈 수 있는 거친 환경이 그들을 재능 있게 만들었다는 의견도 있었다. 그 유연함이 이들에게 1980년대에 세계에서 최초로 여성 대통령과 여성 주교를 허락했던 것일까.

모두가 뮤지션인 나라답게 수도 레이캬비크에는 특별한 음반 가게가 있었다. 그곳에서는 가게 안의 모든 음반을 자유롭게 들어볼 수 있었다. 안락한 소파에 앉아 음반을 듣고 있으면 누군가 에스프레소 한 잔을 가져다줬다. 뜨겁고 진한 커피를 마시며 아이슬란드의 선율 속으로 빠져들었다. 아이슬란드에 머무는 동안 세 번쯤 그곳을 찾아갔고, 그때마다 한 장의 음반을 사들고 나왔다. 모든 음악은 보편적 정서를 지니면서도 그 음악을 탄생시킨 공간만의 독특한 분위기를 품고 있기 마련이다. 아이슬란드가 낳은 올라퍼 아르날즈, 시규어 로스, 요한 요한손, 뷔요크의 음악은 아이슬란드의 대자연 속에서 들을 때 울림의 진폭이 가장 컸다. 어딘가 몽환적이면서도 자연의 소리를 닮은 음악이었다. 여백이 많은 음악이었다. 바람이 모든 것을 쓸어갈 듯 몰려오는 그곳에서 듣는 그들의 음악은 배경과 완벽하게 어우러졌다. 그 풍경 속에 서서 그들의 음악을 듣고 있으면 세상의 모든 소음과 번뇌가 지워져갔다.

불과 얼음의 땅 아이슬란드는 그렇게 내 마음을 타오르게 한 후 제안에 얼려놓았다. 그 봉인을 해제하기 위해서라도 다시 한 번 가야만 한다. 내 삶이 너무 많은 것들로 넘쳐날 때, 내 일상이 너무 많은 말들로 차오를 때, 그 텅 빈 풍경 속에 가만히 서 있는 것만으로 나를 치유해주는 곳으로 가야겠다.

02

자 유 라 는 한 마 디

○

폴 엘뤼아르, 「자유」

나의 학습 노트 위에
나의 책상과 나무 위에
모래 위에 눈 위에
나는 너의 이름을 쓴다

내가 읽은 모든 책장 위에
모든 백지 위에
돌과 피와 종이와 재 위에
나는 너의 이름을 쓴다

황금빛 조각 위에
병사들의 총칼 위에
제왕들의 왕관 위에
나는 너의 이름을 쓴다

밀림과 사막 위에
새둥우리 위에 금작화 나무 위에
내 어린 시절 메아리 위에
나는 너의 이름을 쓴다

밤의 경이 위에
일상의 흰 빵 위에

약혼 시절 위에
나는 너의 이름을 쓴다

(…)

놀라운 소식이 담긴 창가에
긴장된 입술 위에
침묵을 초월한 곳에
나는 너의 이름을 쓴다

파괴된 내 안식처 위에
무너진 내 등대 불 위에
내 권태의 벽 위에
나는 너의 이름을 쓴다

욕망 없는 부재 위에
벌거벗은 고독 위에
죽음의 계단 위에
나는 너의 이름을 쓴다

회복된 건강 위에
사라진 위험 위에

회상 없는 희망 위에
나는 너의 이름을 쓴다

그 한마디 말의 힘으로
나는 내 삶을 다시 시작한다
나는 태어났다 너를 알기 위해서
너의 이름을 부르기 위해서

자유여

세상에는 그런 거리가 있다. 무슨 일이든 다 일어날 수 있을 것 같고, 무엇이든 다 구할 수 있을 것 같은 거리. 세상의 모든 여행자들이 모이는 곳. 한 번쯤 거쳐야만 하는데 어쩐지 마음 가지 않는 곳. 하지만 떠나고 나면 이상하게 그리워지는 곳. 내게 방콕의 카오산 로드가 그런 곳이었다. 방콕에 도착한 가난한 여행자들이 약속이라도 한 듯 일제히 짐을 푸는 곳이 카오산 로드였다. 그곳에서 여행이 시작되고 끝났다. 막 집을 나온 사람들과 이제 집으로 돌아가는 사람들로 늘 붐비는 곳이었다. 여행이 가장 자연스러운 일상이 되는 곳이었다. 나른하면서도 팽팽하고, 뜨거우면서도 서늘하고, 가득찬 것 같으면서도 텅 빈 에너지가 느껴지는 곳. 어떤 이들은 그 거리를 사랑했고, 어떤 이들은 부담스러워했다. 하지만 누구도 카오산 로드를 피해가지는 못했다.

카오산 로드의 첫인상은 혼란스럽고 어지러웠다. 온갖 물건을 파는 가게와 마사지숍과 식당과 카페로 빈틈없는 거리, 골목마다 위태로운 전선줄, 길거리를 가득 메운 노점상들, 매연을 내뿜으며 그사이를 달리는 삼륜차 툭툭. 중고품을 사고파는 가게에는 "뭐든 삽니다(We buy everything)"라고 적혀 있었다. 그 말처럼 그곳에서는 모든 것을 사고팔 수 있었다. 값싼 항공권도, 중고 배낭도, 최신 카메라도, 가짜 증명서마저도 다 구할 수 있었으니까. 카오산 로드의 불빛은 밤새 꺼지지 않았다. 밤이 깊어갈수록 사람들의 활기와 네온사인의 빛과 거리의 소음이 살아나는 곳이었다. 빛과 소음이 넘실거리는 시간이 되면 거리는 수많은 사람들로 가득찼다. 온 세계의 사람들이 다 모인 것 같았다. 레게머리의 히피 청년과 반라에 가까운 옷차림의 젊은 여자, 십대로 보이는 소녀에서 백발이 성성한 할아버지까지. 순진하고 맑은 눈빛을 가진 이도 있었고, 어둡고 우울한 눈빛을 가진 이도 있었다. 자기 몸을 캔버스 삼아 온통 그림을 그려놓은 남자 옆으로 여장을 한 레이디 보이가 걷고 있었다. 그곳에서는 누구와도 친구가 될 수 있었다. 낯선 이의 어깨에 손을 올리며 "안녕!"이라고 말하면, 아무렇지도 않게 "안녕" 하고 돌아오는 곳이었다. 그 시절의 여행일기를 들춰보면 아득해진다. 얼굴도 기억나지 않는 이들과 밥을 먹고, 같은 방을 나눠 쓰고, 마사지를 받으러 가곤 했으니. 아직 마음의 벽을 쌓지 않아 말랑말랑한 청춘들이었다.

무국적 아나키스트들의 해방구라도 되는 듯 온갖 이들이 모여든 곳이었으니 흉흉한 소문도 종종 들려왔다. 수천 달러를 뿌리고는 숙소에서 자살한 이십대 청년, 마약과 섹스에 몸과 마음을 탕진하고 빈털터리가 된 누구, 무허가 숙소에서 샤워를 하다가 감전사한 여행자의 이야기까지. 어리고 예쁜 처녀를 찾아 눈을 희번덕거리는 늙은 백인 남자들, 몸 좋은 태국 청년을 노리는 중년 여자들의 이야기도 들려왔다. 모든 종류의 여행자들이 모여든 카오산 로드에서 하루의 시작은 늦었다. 그곳에선 게으름이 죄악시되지 않았다. 아무때나 일어나 아무렇게나 옷을 걸치고 동네로 나가 비닐에 담아주는 생과일 주스를 사 마시고, 마사지를 받거나 노천 카페에 앉아 책을 읽고, 지나가는 사람들을 바라보며 하루를 보내곤 했다. 햇살은 날마다 쏟아져내렸고, 우리가 지닌 유일한 재산은 시간이었다. 아무것도 하지 않아도 되고, 무엇이든 할 수 있는 자유를 그곳에서 누리고 있었다.

늘어져 있다 지겨워지면 숙소에 큰 짐을 맡겨놓고 야간 버스에 올랐다. 남쪽 섬으로 내려가거나 북쪽 산간 마을로 올라갔다. 치앙마이에서는 요리와 마사지를 배웠고, 타오 섬에서는 스쿠버다이빙을 했다. 푸켓과 코피피, 코팡안 같은 이름난 섬을 거치기도 했다. 크라비에 가서는 긴꼬리배가 그림처럼 서 있는 라일레이 해변, 아름다운 동굴이 자리한 프라낭 해변, 바위 절벽이 둘러싼 톤사이 해변을 옮겨 다니며 매일 바위를 탔다. 틱, 조, 만, 칩. 톤, 놈. 암벽 등반을 가르쳐주던 이국적인 이름의 청년들. 그들은 내일에 대한 염려 없이 오늘을 살 뿐인 조르바였다. 나 또한 아무것에도 매이지 않고 가고 싶은 곳을 찾아가서는 머물고 싶은 만큼 머물렀다. 야자나무가 늘어선 해변에는 에메랄드빛 바다가 있었고, 달빛이 쏟아지는 골목에는 매콤하고 향긋한 음식 냄새가 번져 있었고, 라이브 연주를 들려주는 카페에는 음악에 엉긴 파도 소리가 멈추지 않았다. 보름밤이면 해변에서 광기 어린 '풀문 파티'가 벌어졌다. 그 모든 곳에 젊음을 주체 못하는 청춘들이 들끓었다.

계획도, 정해진 일정도 없이 내키는 대로 태국과 주변 나라를 돌아다니다 되돌아오는 곳이 카오산 로드였다. 몇 번을 떠나도 결국엔 돌아오는 집 같은 곳이었다. 다니던 회사를 그만두고 세계일주를 시작한 지 1년쯤 되었을 때였다. 어디서건 배낭을 멘 이들을 보면 마음이 짠해지곤 했다. 저기, 나와 똑같은 열병을 앓는 이가 있구나. 저기, 나처럼 힘들게 떠나온 사람이 있구나. 저기, 나처럼 무언가를 찾는 이가 있구나. 그때 우리가 찾고 있었던 건 무엇이었을까. 단지 우리가 간절히 원했다는 것만을 알 뿐. 여기가 아닌 다른 곳을, 이 삶이 아닌 다른 삶을, 지금까지의 내가 아닌 다른 나를, 복종이 아닌 독립을, 규제가 아닌 자유를.

집을 떠나오니 넘치듯 시간이 흘러들었다. 그 무한대의 시간을 어떻게 채워낼지는 전적으로 내 몫이었다. 누구를 만날지, 무엇을 볼지, 어떤 모험을 하게 될지 아무것도 모르면서 그저 하루를 살아갔다. 그래서 나는 종종 비틀거렸다. 자유를 찾기 위해 먼길을 떠나왔지만 넘치는 자유에 발이 걸려 넘어지곤 했다. 그때 나는 젊고 가벼운 청춘이었으니까. 때로 스스로를 망가뜨리지 않고서는 견딜 수 없는 것. 끝까지 가보지 않고서는 아무것도 알 수 없다고 믿는 것. 그게 청

춘이었다. 끝까지 갔다가 돌아온 자리가 처음의 그 자리라 해도.

길에서 주운 동전처럼 청춘을 탕진하며 몸과 마음이 원하는 대로 살아가는 이들 속에 뒤섞여 있던 어느 날, 폴 엘뤼아르의 「자유」를 읽었다. 햇살이 물비늘처럼 튀어오르던 오후였고, 늘어져 있던 거리에 조금씩 생기가 돌 무렵이었다. 망고 주스 한 잔을 시켜놓고 무심히 한 구절씩 읽어나가고 있었는데 조금씩 마음이 절절해졌다. 내가 지금 누리고 있는 이 나른한 공기가, 이 속박 없는 하루가 얼마나 귀한 것인지 새삼스럽게 다가왔다. 독일군에 점령된 프랑스 땅에 영국 공군이 뿌린 엘뤼아르의 시집 맨 앞에 실려 있던 시가 「자유」였다. 나치에 저항하는 레지스탕스 활동에 적극 참여했던 엘뤼아르에게 자유는 독일로부터의 해방을 뜻했을 것이다. 그런데도 이 시는 내게 정치적인 의미로가 아니라 일상의 모든 구속으로부터의 자유로 읽혔다. 담백한 어조 때문인지도 몰랐다. 소박한 일상을 드러내는 단어들로 그 일상이 사라진 현실을 담담하게 드러냈기에 자유를 향한 염원이 더 애틋하게 다가왔다. 카오산 로드에 있었기 때문에 자유라는 그 한 단어가 더 절박하게 다가왔는지도 몰랐다. 그곳은 자유라는 한마디 말의 힘으로 인생을 다시 시작하기에 좋은 곳이었다. 높고 거친 자유의 풍랑 속에서 자신을 잃어버리고, 다시 찾고, 새롭게 만들어가기에 완벽한 곳이었다. 그곳에선 어디로든 떠날 수 있었으니까. 저마다의 방식으로 세상을 살아가는 모든 여행자들이 모이는 곳이었으니까. 그곳에선 자신이 지닌 모든 것을 낭비한다 해도 누구도 뭐라 하지 않았으니까.

자유의 깃발에 목숨을 걸고 매달려본 후에야 우리는 겨우 깨달을 수 있었다. 그 모든 자유에는 책임이 뒤따른다는 것을, 스스로 만들어가는 규율이 필요하다는 것을. 자기 자신을 사랑하는 사람들, 자기 자신을 믿고 끝까지 가볼 줄 아는 사람들, 실패조차 아직은 두렵지 않은 청춘들이 그곳에 있었다. 세상 어디에도 집을 짓지 않아 어디든 갈 수 있는 청춘들이.

자기 몸만한 배낭을 앞뒤로 멘 그들이 내뿜던 기운이야말로 카오산 로드를 특별하게 만드는 것이 아니었을까. 카오산 로드를 떠나고 몇 년이 흘러서야 그곳이 그리워졌다. 청춘이 지난 후에야, 사랑을 잃은 후에야 뒤돌아보게 되듯, 그렇게 뒤늦게서야.

03

작은 마음
한 조각

○

김선우, 「이런 이유」

그 걸인을 위해 몇 장의 지폐를 남긴 것은
내가 특별히 착해서가 아닙니다

하필 빵집 앞에서
따뜻한 빵을 옆구리에 끼고 나오던 그 순간
건물 주인에게 쫓겨나 3미터쯤 떨어진 담장으로
자리를 옮기는 그를 내 눈이 보았기 때문

어느 생엔가 하필 빵집 앞에서 쫓겨나며
부푸는 얼음장에 박힌 피 한 방울처럼
나도 그렇게 말할 수 없이 적막했던 것만 같고—

이 돈을 그에게 전해주길 바랍니다
내가 특별히 착해서가 아니라
과거를 잘 기억하기 때문

그러니 이 돈은 그에게 남기는 것이 아닙니다
과거의 나에게 어쩌면 미래의 당신에게
얼마 안 되는 이 돈을 잘 전해주시길

지금보다 훨씬 젊었던 시절, 나는 다방면으로 내 나라와 불화했다. 삶의 모범 답안을 정해놓고 모두에게 같은 길을 요구하고, 일등에게

만 환호하는 사회가 답답했다. 더 많은 정의와 평등, 민주주의를 요구하기보다 이제 충분하다며 안주하는 사람들이 불편했다. 인생의 마지막 순간까지 실수하고 흔들리다 떠나는 게 인간인데 어른이라며 멘토를 자처하는 이나 그들을 띄우는 이들도 이상했다. 만나자마자 나이를 따지고, 고향을 묻고, 결혼했는지를 확인하고, 직함으로 호칭하는 분위기에 숨이 막혔다. 무엇보다 아직 오지 않은 미래를 위해 현재를 저당잡혀 살아가는 하루하루가 힘겨웠다. 그래서 나는 오늘 행복하기 위해 바깥으로 나갔다. 자기를 둘러싼 세상 바깥으로 나가본 이라면 알 것이다. 맞지 않는 세계에 억지로 자신을 맞추며 살기를 포기하는 순간, 자신과 어울리는 세계가 눈앞에 나타날 수도 있다는 것을.

그렇게 만난 다른 세상에서 나는 행복했다. 배낭을 메고 길 위에서 있는 한 온전히 나 자신으로 남을 수 있었다. 아무런 가면도 쓰지 않은 얼굴로, 누구의 눈치도 보지 않고 오직 내 목소리에만 귀를 기울이는 날들이었다. 내가 웃으면 온 세상이 나를 위해 웃어주었다. 가끔씩 외롭기도 했지만 외로움은 내가 지닌 자산이었다. 외로움은 여행을 계속하고, 글을 쓰고, 타인에게 가닿을 수 있게 하는 근원이었다. 쉽게 외로움을 타는 사람이었기 때문에 타인의 쓸쓸함에도 예민할 수 있었다. 행복하게 살겠다고 뛰쳐나온 나에게 이 세계는 어둡고 아픈 모습도 보여주었고, 거기에는 아이들이 있었다.

에티오피아를 여행할 때였다. 빈곤의 흔적이 넘쳐나는 가난한 나라였다. 그 나라에서는 어디를 가나 아이들이 쫓아왔다. 다른 나라의 아이들은 돈이나 사탕 같은 것을 요구했다면, 그 나라의 아이들은 내가 지닌 모든 것을 원했다. 마시던 생수병이 비기를 기다렸고, 입고 있는 옷을 달라며 옷자락을 잡았고, 자신의 맨발을 가리키며 내 신발을 원했다. 아이들에게 함부로 무언가를 주지 않는 나로서는 그 바람을 모른 척하기가 버거웠다. 달라는 대로 다 주면 마음이 훨씬 편할 것 같았다. 장애를 가진 아이들이나 기력이 쇠한 노인들과 마주칠 때만큼은 약간의 돈을 건네곤 했는데 에티오피아에서는 감당하기가 힘들었다. 도처에 장애를 지닌 아이들이 있었다. 한 아이에게 돈을 건네고 있으면 곧 수많은 아이들이 몰려들었다. 예방주사를 맞지 못해 소아마비나 결핵에 걸린 아이들이 어디에나 있었다. 그 아이들을 모른 척하기 힘들어 결국에는 모두를 외면하는 지경에 이르렀다.

에티오피아에서 가장 높은 산인 시미엔 산으로 트레킹을 떠났던 어느 날이었다. 그날의 산행을 마치고 텐트로 돌아오는 우리를 한 소녀가 졸졸 따라왔다. 아니, 너댓 명의 소녀들이 함께 따라왔다. 그 아이들은 저마다 무언가를 안고 있었다. 맨 앞의 여자애는 살아 있는 닭 한 마리를, 그 뒤의 아이는 선인장 열매를, 또다른 아이는 감자 몇 알을, 다섯 살이나 되었을까 싶은 아이는 양파를 들고 있었다. 비쩍 마른 아이들의 가냘픈 손목마다 돈이 되어야 하는 무언가가 들려 있었다. 아이들은 가까이 다가오지도 못한 채 텐트 앞에 서 있었다. 우리 가이드가 나타나 그것들을 사줄 때까지. 말 한마디 건네지도 못한 채 그저 기다렸다. 마른 얼굴의 절반을 차지하는 크고 검은 눈으로 가만히 바라만 보면서. 건드리면 눈물이 주르르 흐를 것만 같은 눈이었다. 아직 세상에 죄짓지 않은 맑은 눈망울이었다. 그 속수무책의 눈빛이 자꾸만 나를 찔렀다.

에티오피아의 가난은 내가 한 번도 마주친 적 없는 처참한 수준이었다. 아이들을 따라 흙으로 지은 집에 들어가보면 살림살이라고는 거의 찾을 수 없었다. 그 황량한 집안 풍경에 놀라 서둘러 돌아서곤 했다. 거리에서 만난 대부분의 아이들은 학교에 다니지 않았다. 그 아이들은 맨발이었다. 그 무렵은 우기라 매일 비가 쏟아졌는데 아이들에게는 우산도 없었다. 들판에서 양을 치다가 비가 쏟아지면 비료 포대 같은 걸 덮어쓰고 가만히 앉아 비가 긋길 기다렸다. 착하고 얌전한 아이들이었다. 어른들이 만들어낸 엉망진창의 세상을 원망할 줄도 모르는 나이였다. 이 빈곤의 책임을 누구에게 물어야 하는지, 저 아이들의 빼앗긴 어린 시절을 누구에게 따져야 하는지 심란했다. 답을 알 수 없는 무수한 질문들이 쏟아졌다. 그때까지는 내가 정직하게 일해서 정당하게 번 돈으로 나온 여행이라고 믿었는데, 정말 그런 것일까 의문스러워졌다. 어쩌면 나도 모르는 사이에 저 아이들에게 가야 할 몫을 부당하게 취하지는 않았을까. 그런 거라면 여행을 하면서 벌어들이는 돈의 일부는 이 나라의 아이들을 위해 써야 하지 않을까. 그게 최소한의 의무는 아닐까. 그런 생각이 들었다.

그때부터 어디를 가나 아이들의 눈동자가 나를 쫓아왔다. 앙코르와트의 아름다움에 감동할 때도 지뢰 때문에 다리를 잃은 아이들이 나를 바라보며 서 있었고, 예멘의 수도 사나의 흙으로 지어올린 마천루의 경이로움에 감탄할 때도 원치 않는 결혼을 해야만 하는 어린 소녀들이 있었다. 하루에도 몇 시간씩 물을 길어야 하는 아이들이 있었고, 학교 대신 공장에서 담뱃잎을 말거나 가죽공을 박음질하며 하루를 보내는 아이들이 있었다. 그 아이들은 그저 내게 다가와 초콜릿이나 동전을 요구할 뿐이었는데, 카메라를 든 당신은 대체 무슨 돈으로 여행을 다니느냐고 묻기라도 하는 것처럼 지레 뒤통수가 따끔거렸다.

그 아이들의 눈동자를 기억하고 싶었다. 아이들이 아직 모르는 다른 세상의 온기를 전하며 너는 혼자가 아니라고 말해주고 싶었다. 파키스탄의 산골 마을인 훈자의 소녀들을 위해 장학금을 모은 것도, 티베트 난민들을 위한 탁아소 건립에 마음을 보탠 것도, 인도 보드가야에 위치한 불가촉천민을 위한 병원의 운영비를 모은 것도, 모로코 소년원의 텅 빈 도서관을 채워줄 책을 보낸 것도, 요하네스버그의 HIV 모자 공동체인 은코시 헤이븐의 아이들에게 교복을 보낸 것도, 길에서 마주친 아이들의 눈 때문이었다. 그 맑은 눈에 비친 세상이 너무 차갑지 않기를 바라서라고, 그렇게 믿었다. 한 편의 시를 읽기 전까지는.

아이처럼 크고 맑은 눈망울을 지닌 이 시인도 어딘가에서 내가 마주쳤던 아이들과 만났을 것이다. 맨발의 아이를 둔 가난한 아비와 마주쳤을 것이다. 갓 구운 빵을 사들고 나오던 빵집 앞에서 하필 배고픈 걸인과 마주쳤기 때문이라고 그녀가 고백했듯, 나 또한 그런 아이들과 마주쳤기 때문이었다. 그제야 담담히 인정하게 되었다. 내 사소한 노력들은 그저 내 마음 하나 편하기 위해 한 일이었음을. 나는 초지일

관 '착하다'라는 형용사보다 '이기적이다'라는 형용사가 어울리는 사람이었으니. 언젠가 전생에서 나 또한 그렇게 가난하게 헐벗어 춥고 배고픈 밤들을 보냈는지도 모른다. 다음 생 혹은 이번 생의 먼 미래의 어느 날 거리에서 주린 배를 움켜쥐고 생을 마감할 수도 있다. 과거를 잘 기억하는 시인처럼, 나도 과거를 잊지 않고 미래를 두려워하며 살아가고 싶다. "그러니 이 돈은 그에게 남기는 것이 아닙니다. 과거의 나에게 어쩌면 미래의 당신에게 얼마 안 되는 이 돈을 잘 전해"달라는 시인의 겸손한 말처럼 내가 벌인 그 일들은 아이들이 아니라 바로 나를 위한 것이었다. 그렇다 해도 구차하지는 않다. 이제 인간이 지닌 가장 아름다운 마음이 모든 생명을 가엾게 여기는 마음, 측은지심임을 아는 나이에 들어섰으니. 어떤 거대한 담론과 드높은 이상보다 오늘 내가 건넨 작은 마음 한 조각이 결국 나와 당신의 삶을 구원할 시작이라는 것을 알기에.

04

혼자 먹는 밥

○

황지우, 「거룩한 식사」

나이든 남자가 혼자 밥 먹을 때
울컥, 하고 올라오는 것이 있다
큰 덩치로 분식집 메뉴표를 가리고서
등 돌리고 라면발을 건져올리고 있는 그에게,
양푼의 식은 밥을 놓고 동생과 눈흘기며 숟갈 싸움하던
그 어린 것이 올라와, 갑자기 목메게 한 것이다

몸에 한세상 떠넣어주는
먹는 일의 거룩함이여
이 세상 모든 찬밥에 붙은 더운 목숨이여
이 세상에서 혼자 밥 먹는 자들
풀어진 뒷머리를 보라
파고다 공원 뒤편 순댓집에서
국밥을 숟가락 가득 떠넣으시는 노인의, 쩍 벌린 입이
나는 어찌 이리 눈물겨운가

혼자 밥을 먹는 남자의 뒷모습은 내 시선을 앗아간다. 구부정한 등을 하고 앉아 묵묵히 숟가락을 들어올리는 모습을 바라보고 있으면 그 앞에 가서 앉고픈 마음이 자꾸 일어 몸에 힘이 들어간다. 그 뒷모습에 내 아버지의 모습이 겹쳐지기 때문이다. 가족과 같이 살면서도 아버지는 노년의 끼니 대부분을 혼자 해결해야 했다. 엄마와 함께 꾸렸던 구멍가게 때문이었다. 번갈아가며 가게를 봐야 했기에 아침도,

점심도, 저녁도 두 분은 따로 드실 수밖에 없었다. 자식들이 분가하거나 직장생활을 시작하고는 더 그랬다. 가끔 부모님 집에 들르면 작은 상을 앞에 두고 텔레비전을 켜놓고 혼자 식사중인 아버지와 마주칠 때가 있었다. 어떤 날은 구멍가게에서 늙은 아버지가 혼자 라면을 끓여 드신 후 인스턴트커피로 입가심하시는 모습과 마주치기도 했다. 아버지의 뒷모습과 마주칠 때면 늘 황지우의 「거룩한 식사」가 떠올랐다. 시인의 표현대로 "나이든 남자가 혼자 밥먹을 때 울컥, 하고 올라오는 것이 있다". 해가 갈수록 야위어가는 아버지의 뒷모습은 거룩하기보다는 쓸쓸함으로 먼저 다가왔다. 세상에 기댈 곳 하나 없는 이 같아서 바라보는 나까지 외로워지곤 했다. 세상의 많은 아버지들이 어딘가에서 그렇게 혼자 앉아 밥벌이의 고단함과 생활의 비루함을 꾸역꾸역 삼켰을 것이라고 생각하면 나도 모르게 목이 메었다. 집을 나설 때면 아버지는 늘 아쉬운 얼굴로 말하곤 했다. "희야, 밥이라도 먹고 가지." 내 대답도 늘 비슷했다. "다음에요." 다음이 영영 오지 않을 수 있다는 것을 그때는 몰랐다.

폐암 진단을 받고 3주 만에 돌아가신 아버지를 보내고 오던 날, 뼈만 남은 아버지의 육신을 뜨거운 소각로에 넣은 채 우리는 근처 식당을 찾아갔다. 화장을 이끄는 분께서 시간이 꽤 걸리니 밥이나 먹고 오라며 등을 떠민 터였다. 김치찌개며 된장찌개를 시켜놓고 일가친척이 둘러앉았다. 좀 전까지 소각로 앞에 서서 통곡하고 있었는데, 찌개가 끓기 시작하자 맹렬한 허기가 몰려왔다. 눈가의 눈물 자국이 채 마르기도 전에 숟가락을 들어 허겁지겁 더운밥을 밀어넣었다. 제아무리 고통이나 슬픔이 무겁다 해도 숟가락의 힘을 이기지 못한다고 한 게 누구였을까. 소각로의 불길을 조절하던 분은 이렇게 산 사람은 사는 거라는 걸 알려주기 위해 우리를 등 떠밀었던 걸까. 산다는 일이 새삼 우습고도 허망했다. 한 사람이 빠진 자리에 이렇게 빠르게 익숙해지겠구나 싶었다. 어느새 우리는 간간이 웃기도 하며 밥을 먹고 있었다. 늘 혼자 밥을 드셔야 했던 아버지는 세상을 떠나는 날 이렇게 그리운 이들을 다 불러모아서는 우리가 밥 먹는 모습을 지켜보실 터였다. 해마다 아버지가 돌아가신 날이면 또 이렇게 모여 앉아 밥을 먹겠구나, 내 일상에서 혼자 밥 먹는 날이 하루 더 줄겠구나 싶어 다시 눈물이 솟구쳤다.

일가친척이 둘러앉아 밥을 나누는 그 모습을 보며 언젠가 부탄에서 마주쳤던 풍경이 떠올랐다. 도로도, 전기도 없는 치몽 마을에서였다. 머물던 집에는 마당에 간이 부엌이 만들어져 있었다. 마을 총각과 처녀들이 모여들어 식사 준비를 했다. 푸타라는 국수를 만든다고 했다. 커다란 국수틀에 메밀 반죽을 넣고 장정들이 힘으로 지렛대를 누르면 국수가 뽑아졌다. 거뭇거뭇한 회갈색의 굵은 메밀국수였다. 그렇게 뽑은 국수를 마을 처녀가 넓은 나뭇잎 접시에 받아서는 장작불로 지핀 가마솥에 삶았다. 그 옆에서는 누군가 고춧가루와 파를 볶아 양념을 만들었다. 아이들이 주변을 오가며 구경이나 잔심부름을 하고 있었다. 잔치라도 치르듯 마을 사람들이 모여서 국수를 만드는 그 광경이 어찌나 정겨운지 내내 부엌을 떠나지 못했다. 전기가 들어오

지 않기에 모든 일을 사람의 손으로 해야 하는 치몽 마을에서는 국수 한 그릇을 먹으려 해도 오랜 노동과 시간이 필요했다. 그렇게 여럿이 힘을 모아 만든 음식을 나눠 먹던 그날, 마을 사람들처럼 손으로 조물조물 밥과 반찬을 섞어가며 먹다가 문득 깨달았다. 밥이 몸안을 돌고 돌아 지친 몸을 일으켜 세울 에너지가 되기 위해선 이렇게 먹어야 한다는 것을. 서로의 노동에 기대어 공들여 밥을 짓고, 여럿이 둘러앉아 마주앉은 이의 밥 위에 반찬을 얹어주기도 하면서, 누군가의 실없는 소리에 까르르 웃음을 터트리기도 하면서 그렇게 먹어야 한다는 것을. 밥을 같이 먹는 이들이야말로 진정 '식구食口'였다. 이 나라에는 아직 혼자 밥 먹는 노인은 없겠구나 싶었다. 냉장고에서 반찬을 꺼내고 전기밥솥에서 밥을 덜어 텔레비전을 보며 홀로 밥을 먹는 아이들도 없을 것 같았다. 밥이 되지 않는 글쓰기에 지쳐 허기로 세상을 떠나는 젊은 영혼도 없을 것 같았다. 부자의 밥상과 가난한 이의 밥상도 아직은 크게 다르지 않을 것 같았다. 생각해보면 밥이 결국 온 세상인데, 그 밥의 뜨거운 힘이 이곳에서만큼은 아직 식지 않은 것 같아 마음이 따뜻해졌다.

하지만 여기는 부탄이 아니었기에 나는 이미 혼자 먹는 밥에 익숙해져 있었다. 서른을 넘긴 후부터는 혼자 밥을 먹는 일이 일상인 삶을 살아왔다. 그런데도 여전히 혼자 먹는 밥이 형벌처럼 느껴질 때가 찾아온다. 낯선 나라에서 다른 언어를 쓰는 사람들에 둘러싸여 있을 때면, 가로등에 불이 켜지고 사람들이 종종걸음으로 집으로 돌아갈 무렵이면, 골목을 지나다 열린 창 너머로 어느 집의 단란한 저녁 풍경이

엿보일 때면, 며칠간 마음을 나누었던 이가 떠나고 다시 혼자가 됐을 때면, 그럴 때면 혼자 밥을 먹다가 눈물이라도 쏟게 될까봐 끼니를 거르곤 했다. 그런 날, 아버지도 혼자서 밥을 드시고 계실 거라고 어째서 생각하지 못했을까. 그랬다면 조금은 씩씩해질 수 있었을 텐데. 어딘가에서 내가 혼자 밥을 먹는 그 순간, 지구의 수많은 도시에서 누군가도 그토록 무거운 숟가락을 혼자서 들어올릴 것이다. 그러니 나이 들어 혼자 밥 먹는 노인이 된다 해도, 나는 결코 혼자가 아닐 것이다.

05

일흔여덟,
한 남자의 생애

○

김현승, 「아버지의 마음」

바쁜 사람들도
군센 사람들도
바람과 같던 사람들도
집에 돌아오면 아버지가 된다.

어린것들을 위하여
난로에 불을 피우고
그네에 작은 못을 박는 아버지가 된다.

저녁 바람에 문을 닫고
낙엽을 줍는 아버지가 된다.

바깥은 요란해도
아버지는 어린것들에게는 울타리가 된다.
양심良心을 지키라고 낮은 음성으로 가르친다.

아버지의 눈에는 눈물이 보이지 않으나,
아버지가 마시는 술에는 눈물이 절반이다.

아버지는 가장 외로운 사람들이다.
가장 화려한 사람들은
그 화려함으로 외로움을 배우게 된다.

가난한 나라일수록 아버지의 등에 얹힌 삶의 무게는 가혹했고, 그럴수록 그들은 말이 없었다. 그렇게 아버지들은 오해받기는 쉬워도 이해받기는 어려운 존재가 되어갔다. 소리내어 우는 법조차 배우지 못한 채 고통을 안으로 삭이다 이 세상과 작별하는 우리 아버지들. 아버지는 강한 존재가 아니라 세월이 갈수록 희미해지는 그림자를 끌고 다니는 약한 이였다.

아버지의 자리는 어디에 있는 것일까. 그가 가족을 위해 일하는 동안 가족은 그의 부재 속에서 살아간다. 그가 가정으로 돌아올 때쯤이면 집안에 그의 자리는 없다. 일말고는 할 줄 아는 게 없는 무능한 남자로 전락한다. 가족의 언어를 이해하지 못하는 외로운 존재가 되어버린다. 아들에게 아버지는 가장 닮고 싶지 않은 이가 되기도 한다. 세상을 떠날 무렵이 되어서야 이해받고, 세상을 떠난 후에야 보고 싶은 존재가 되기도 한다. 세상의 모든 아버지들은 얼마나 자주 아버지의 이름으로 자기 자신을 죽이며 살아왔을까. 꿈을 접어야 했을 테고, 자존심도 버려야 했을 것이며, 비굴한 타협을 해야만 했을 것이다. 그때마다 절반은 눈물인 술잔을 털어 넣으며 소리 없이 울었으리라.

3년 전 가을, 스페인의 성지순례길을 걷고 있었다. 방송팀과 함께 한 한 달의 일정이 끝난 후 혼자 시실리로 떠나기 전날이었다. 동생이 전화를 걸어왔다. 아버지가 암에 걸렸다는 소식이었다. 여행을 포기하고 귀국하니 아버지는 그새 앙상하게 뼈만 남은 몸으로 병상에 누워 계셨다. 아버지의 몸무게는 45킬로그램. 한때 내 세상의 수호자였던 아버지는 어느새 나보다 더 가벼워져 있었다. 폐에서 시작된 암은 온몸으로 번져 뼈까지 전이된 상태였다. 어떻게 이 지경이 되도록 몰랐을까. 고통을 소리 없이 견디는 법을 배운 세대여서일까. 평생 엄살부리지 않고 살아온 습관이 독이었던 걸까.

엄마가 주워온 빛깔 고운 단풍잎 몇 장이 병상 옆에 놓여 있던 어느 저녁, 마주앉아 식사를 하던 엄마가 아버지에게 말했다. "당신이 병원에 오니 겸상을 하네요. 당신 나랑 겸상하는 게 소원이라고 했잖아요." 아버지가 힘없는 목소리로 답했다. "이제부턴 늘 겸상이겠지." 25년간 구멍가게를 꾸리느라 명절에도 밥 한 번 함께 드시지 못한 부모님이었다. 그제야 깨달았다. 자식들이 장성해서 집을 떠난 후, 아버지는 끼니의 대부분을 혼자서 드셨다는 사실을. 식사를 마친 엄마가 빈 그릇을 내놓으러 나간 사이 아버지에게 여쭸다. 살아오는 동안 언제가 가장 행복하셨느냐고. "이제 와 생각하니 다 행복했는데, 그래도 네 엄마 만난 일이 제일 좋았지." 홀어머니 밑에서 외롭게 자란 아버지는 엄마를 만나 가정을 이루면서 더이상 외로울 일은 없다고 생각하셨을까.

스러져가는 가을빛처럼 아버지의 남은 생도 빠르게 꺼져가던 그날 저녁의 병실에서 이 시가 떠올랐다. "바쁜 사람들도 굳센 사람들도 집에 돌아오면 아버지가 된다." "아버지의 눈에는 눈물이 보이지 않으나, 아버지가 마시는 술에는 눈물이 절반이다. 아버지는 가장 외로운 사람들이다." 외로움과 가난은 평생 아버지를 따라다녔다. 정년퇴직하신 후에도 아버지는 아파트의 경비로, 구멍가게의 주인으로 일해야 했다. 그러면서도 자식들에게 손 벌리지 않고 일할 수 있음을 자랑스러워하셨다. 철들 무렵부터 죽는 날까지 일하고, 한번도 남을 속인 적 없는 아버지였다. 1년 열두 달 쉬는 날도 없이 아침 일곱시 반부터 밤 열두시 반까지 스스로 정한 시간에 가게 문을 열고 닫던 아버지. 무뚝뚝하고, 감정을 표현하는 데 서투른 전형적인 경상도 남자. 술을 마시지 못했던 아버지는 하루에 두 갑씩 담배를 태우셨다. 아버지가 내뿜는 담배 연기에는 그의 외로움이 함께 실렸을까. 가게의 처마 밑에서 담배를 피우던 아버지의 마른 등에는 얼마나 무거운 짐이 얹혀 있었던 걸까. 별다른 취미도 없고, 마음을 나누는 친구도 없던 아버지에게 무엇이 인생의 낙이었을까. 인생의 고비마다 아버지는 무엇에 기대어 견뎠을까.

배낭을 메고 세상을 떠돌다 돌아온 그해 가을, 처음으로 아버지라는 세계를 여행하고 있었다. 알고 있다고 믿었기에 결코 궁금해한 적이 없던 세계였다. 아버지라는 세계의 입구에 이제 겨우 서 있을 뿐인데, 나에게 시간이 얼마나 남아 있는 걸까. 아버지 인생의 닻이자 덫이기도 했을, '아버지의 나라이자 아버지의 동포'였을 우리 삼 남매. '어린 것들이 간직한 그 깨끗한 피'가 그가 멘 짐을 기꺼이 감당하게 했는지, 우리가 보지 못한 눈물을 그는 어디에서 몰래 흘렸는지, 묻고 싶은 게 많았지만 질문에 답할 시간이 아버지에게는 남아 있지 않았다.

폐암 말기 진단을 받은 지 보름 만에 아버지는 세상을 떠났다. 한 사내의 일흔여덟 해, 지상에서의 흔적은 한 줌 재로 남았다. 아버지의 마지막 밤, 병실에 머물던 나는 식구들을 기다리는 동안 혼수상태에 빠진 아버지에게 호소했다. 조금만 더 견뎌달라고, 아버지가 사랑하는 이들이 지금 오고 있다고. 엄마와 막내가 먼저 도착하고, 얼마 후 큰 동생이 달려왔다. "아버지, 저 왔어요"라고 그가 말하는 순간, 아버지는 눈을 번쩍 뜨셨다. 가족에게 임종을 지키지 못한 한을 남기지 않기 위해 꺼져가는 생명의 기운을 붙잡고 계셨던 걸까. 눈을 감은 아버지의 호흡이 곧 잦아들었다. 생을 놓은 아버지의 얼굴은 뜻밖에도 편안해 보였다.

장례를 치른 후에야 조금씩 아버지의 부재가 실감났다. 아버지이기 전에 한 남자였던 그가 살면서 이룬 것은 무엇일까. 남편과 아버지와 아들이라는 책임감에 눌려 고생만 하다가 세상을 떠난 아버지의 생이 가여웠다. 시골에서 화초를 키우며 소일하는 노년을 갈망했는데 그조차 이루지 못하고 떠나다니…… 허무하고 또 허무했다. 한밤중에 사랑하는 남자에게 전화를 걸어 통곡했다. 아무것도 이루지 못한 채 세상을 떠난 아버지의 삶이 너무 가엾다고. 나를 달래던 그는 이렇게 말했다. 아버지는 가족을 통해 당신 삶을 이루신 거라고. 그 작은 구멍가게 안에 내가 알지 못한 일상의 행복이 숨어 있었을 거라고. 정말 그랬을까. 그랬을 거라고 믿고 싶었다. 일상을 버리고 떠나 밖으로만 돌던 내가 놓친 것들이 분명 그 안에 깃들어 있었을 거라고. 엄마가 검정고시를 차례차례 치르고 일흔다섯에 대학생이 되었을 때, 아버지는 뿌듯했을 것이다. 혼자 가게를 지킬 때면 "대학생 네 엄마 때문에 내가 늘그막에 고생이 많지"라고 투정하면서도 그 말투에

Sandwich
RICAS...

은근히 자부심이 배어 있었으니까. 부모는 어떤 자식에게서도 자랑스러움을 찾아낸다는데, 아버지는 나처럼 불효막심한 딸조차도 대견하게 여겼을 것이다. 새 책을 낼 때면 가게에 책을 쌓아놓고 손님들에게 자랑하던 아버지셨으니까. 아버지는 당신의 아들들과 딸이 이룬 것, 아내가 이룬 것을 당신이 일구어낸 것이라 믿으셨으리라. 아버지의 인생은 결코 허무하지 않았을 것이다. 아무것도 남기지 않고 떠나는 삶은 없으니까. 나는 그토록 뒤늦게서야 아버지의 삶을 헤아려보기 시작했다. 가족을 위해 평생을 바친 한 남자의 일흔여덟 생애를.

나는 나 아닌 다른 이를 위해 내 삶을 희생해본 기억이 없다. 나의 중심은 늘 나로 향할 뿐, 그 자리에 누구도 들어서지 못했다. 나로만 가득찬 세상에서 외로운 나 그리고 가족을 중심에 놓아 그 대가로 자신이 사라져버린 세계에서 외로웠을 아버지. 우리 둘 중에 더 고독한 이는 누구일까. 아버지의 눈에는 이 나이 되도록 혼자 떠도는 내가 더 쓸쓸해 보였을까. 세상의 많은 일들이 그러한 것처럼, 아버지의 삶에 대한 나의 이해도 너무 늦게 찾아왔다. 자식도, 남편도 없이 죽음을 맞이할 나는 마지막 순간에 생의 의미를 어디서 찾아낼까. 이 세상과 작별하는 그 순간에 내 손을 잡고 내가 이룬 것을 속삭여줄 이가 있을까. 아마도 없을 것이다. 그렇다 해도 삶이라는 긴 여행의 마지막 날까지 부디 기억하기를. 살아냈다는 것만으로도 이미 충분한 삶이었다는 것을.

06

담담한 작별인사

○

비올레타 파라, 〈삶에 감사합니다Gracias a la vida〉

내게 그토록 많은 것을 준 삶에 감사합니다.
삶은 내게 흰 것과 검은 것, 밤하늘의 빛나는 별,
그리고 많은 사람들 중에서 내 사랑하는 이를
또렷이 구별할 수 있는 두 눈을 주었습니다.

내게 그토록 많은 것을 준 삶에 감사합니다.
삶은 내게 귀뚜라미와 카나리아 소리, 망치 소리, 터빈 소리, 개 짖는 소리, 빗소리,
그리고 내 사랑하는 이의 그토록 부드러운 목소리를
밤낮으로 새겨넣을 수 있는 귀도 주었습니다.

내게 그토록 많은 것을 준 삶에 감사합니다.
삶은 내게 어머니, 친구, 형제자매,
그리고 내 사랑하는 이의 영혼의 길을 비춰주는 빛,
이런 것들을 떠올리고 말할 수 있는 소리와 문자도 주었습니다.

내게 그토록 많은 것을 준 삶에 감사합니다.
삶은 내게 피곤한 발로도 전진할 수 있게 해주어
나는 그 피곤한 발을 이끌고 도시와 늪지, 해변과 사막, 산과 평원
그리고 당신의 집과 거리와 정원을 거닐 수 있게 해주었습니다.

내게 그토록 많은 것을 준 삶에 감사합니다.

삶은 내게 인간의 정신이 열매를 거두는 것을 볼 때,
악에서 멀리 떠난 선함을 볼 때,
그리고 당신의 맑은 눈, 그 깊은 곳을 응시할 때
그것을 알고 떨리는 심장을 주었습니다.

내게 그토록 많은 것을 준 삶에 감사합니다.
삶은 내게 웃음과 눈물을 주어 슬픔과 행복을 구별할 수 있게 해주었습니다.
그 슬픔과 행복이 내 노래를 이루었습니다.
이 노래는 당신들의 노래이기도 하며
모든 이들의 노래는 바로 나의 노래이기도 합니다.

내게 그토록 많은 것을 준 삶에 감사합니다.

이루어놓은 것 하나 없이 나이만 먹고 있다는 생각이 들 때, 휴대전화의 연락처를 아무리 훑어봐도 이야기 나눌 만한 사람 하나 없을 때, 배낭을 꾸려 당장 어딘가로 떠나고 싶지만 통장 잔고는 바닥일 때, 사는 일이 모래사막에서 바늘 찾기처럼 막막하기만 한 그런 날, 나는 이 시를 읽는다. 아니, 노래가 된 시 한 편을 듣는다. 칠레의 가수 비올레타 파라가 세상을 떠나기 전 마지막으로 만든 노래다. 살아있다는 것만으로 이미 기적을 누리는 거라고 속삭이던 그녀는 아이러니하게도 자살로 생을 마감했다. 그녀는 끝내 슬픔에 무릎을 꿇었지만 가장 절망적인 상황에서도 생의 빛나는 이면을 보고자 했던 마음이 이 노래에 담겼다. 끝내 인생이 몰고 오는 비극의 수레바퀴에 짓밟힌다 해도 마지막 순간까지 삶의 환희를 잊어서는 안 된다고 그녀는 주문처럼 되뇌었던 걸까. 살아가는 날이 길어질수록 누구나 깨닫게 된다. 기쁨보다는 슬픔이 더 크고 깊은 게 인생이라는 것을, 우리는 모두 섬광처럼 짧은 행복의 기억을 보험금처럼 쌓아놓고 살아간다는 것을.

이 노래를 처음 접한 건 아르헨티나 음악의 전설이 된 메르세데스 소사의 음성으로였다. 라틴아메리카 여행을 꿈꾸며 그 땅의 작가가 쓴 소설이나 시를 읽고, 그 땅에 관한 영화나 음악을 찾아 접하던 시절이었다. 그녀의 공연 실황 음반을 듣던 밤, 다섯번째로 이 노래가 흘러나왔다. 소사가 아르헨티나 군사 정권에 의해 추방되었다가 3년 만에 귀국해 열린 첫 콘서트였다. 부에노스아이레스의 자랑인 콜론 극장을 가득 메운 관중들이 소사와 함께 이 노래를 불렀다. 그녀가 정치적 박해로 망명을 떠났다 돌아와서였을까. 여전히 독재 치하라는 어두운 현실 때문이었을까. 노래는 가슴을 저밀 듯 먹먹하게 다가왔다.

이토록 아름다운 가사를 누가 썼을까 궁금해져 칠레의 민중 가수라는 비올레타 파라의 원곡을 찾아 들었다. 무겁고 낮으면서도 힘이 넘치는 음색이었던 소사와는 달랐다. 비올레타 파라의 음성은 밝고, 차분했다. 그늘이 느껴지지 않는 발랄함이 소사의 노래보다 빠른 곡조에 실려 있었다. 목소리만 들어서는 사랑에 빠진 젊은 여성 같았는데 이 노래를 만들었을 때 그녀의 나이 쉰이었다. 그녀의 오랜 꿈이었던 칠레 민속음악박물관 건립은 수포로 돌아가고 있었고, 그녀가 사랑했던 남자는 그녀를 떠나 다른 여자와 결혼한 때였다. 일도, 사랑도, 건강도 제대로 풀리지 않던 인생의 내리막에 그녀는 이 노래를 만들었다. 몇 달 후 그녀는 권총 방아쇠를 당겼다. 1967년 2월 5일이었고, 자신이 세운 민속박물관 천막 안에서였다.

그녀의 삶을 알고 나자 노래가 다르게 들려왔다. 삶의 마지막 순간에 그녀가 지녔던 것과 잃어버린 것을 돌아보는 유언장 같기도 했다. 삶이 준 그 모든 슬픔과 행복이 그녀의 노래를 이루었다고, 나 또한 당신들과 다를 것 하나 없는 삶을 살다 간다고, 웃음과 눈물로 풍성했던 삶에 건네는 담담한 작별인사 같았다.

비올레타 파라가 죽고 50년 가까운 세월이 흐른 후, 체 게바라와 빅토르 하라의 사진이 걸린 칠레 산티아고의 한 라이브 카페에서 이 노래를 들었다. 피노체트 독재를 거치는 그 고단한 시기에 이 노래는 어떤 순간에도 절망하지 말자는 메시지로 칠레인들의 노래가 되어 있었다. 그리고 이제 지구 반 바퀴를 돌아 나의 노래가 되었다. '생이여 그만 나를 놓아다오' 하고 중얼거리고 싶어질 때마다 노래는 나를 찾아왔다. 그날, 한 남자가 기타를 치며 부르는 이 노래를 듣던 순간, 그동안 걸어온 내 삶의 길이 나를 스쳐지나갔다. 삶이 내게 준 것들, 삶이 내게서 빼앗아간 것들, 내가 감사해야 할 것들과 억울해야 할 것들이.

가끔씩 고단한 삶에 무릎 꿇고 '항복'이라고 외치고 싶어질 때면 삶이 내게 준 것들을 생각하곤 했다. 삶은, 세상을 향한 호기심과 그 호기심을 향해 뛰어들 수 있는 열정을 주었고, 작고 사소한 것들에서도 아름다움을 찾아낼 수 있는 눈을 주었다. 좋아하는 일을 계속 해갈 수 있는 끈기도 주었다. '운명의 남자' 같은 건 보내주지 않았지만 사랑하는 마음을 잃지 않도록 해주었고, 내가 본 세상을 그럭저럭 이야기할 수 있는 단어와 문장도 주었다. 한 번도 날씬한 몸매는 가져보지 못했지만 오래 걸어도 쉽게 지치지 않는 다리와 무거운 배낭을 견뎌내는 어깨를 주었다. 가족을 꾸리지는 못했지만 쓸쓸해질 때 찾아갈 수 있는 벗들을 주었다. 나 또한 삶이 내게 주지 않은 것들을 원하던 날들이 있었다. 그 욕망은 내 마음의 어두운 모퉁이에 숨어 있다가 한 번씩 깜빡거리면서 나를 흔들곤 한다.

그럴 때면 길 위의 삶이 내게 준 것들을 떠올려본다. 세상을 떠도는 동안 나는 있는 그대로의 나를 사랑하게 되었다. 배낭 하나에 1년간 필요한 모든 것을 넣어 메고 다녔고, 상상도 못했던 높은 산에 올랐고, 갈 수 있을 거라 생각도 못했던 먼길의 끝까지 걸어갔다. 허름한 잠자리에서도 잘 자고, 날마다 같은 음식을 먹으면서도 잘 버텼다. 길 위에서 내 눈은 막 첫사랑에 빠진 소녀처럼 반짝였고, 내 심장은 축구 선수의 그것처럼 튼튼하게 뛰었고, 내 두 다리는 사막여우처럼 날렵했다. 소심하고 겁 많고 까탈스럽던 내 모습은 자주 사라졌고, 대범하고 용감하고 원만한 인간으로 변신하곤 했다. 나는 날마다

배우고 성장했다. 나와 타인과 현재를 긍정하는 법을 배웠고, 마침내 삶 자체를 긍정하는 힘을 키웠다. 또 지구 곳곳을 걸으며 '우주에서 초록빛을 가진 유일한' 이 별의 신비로움을 들여다보았다. 살구꽃이 눈처럼 흩날리는 파키스탄 훈자의 계곡에서 봄을 보내기도 했으며, 만년설로 덮인 히말라야의 희박한 공기 속으로 걸어가보기도 했으며, 아프리카의 대초원에서 야생동물들과 만나기도 했고, 사막의 모래언덕에 드러누워 밤하늘을 가득 채우는 별무리에 넋을 잃기도 했다.

삶이 그렇듯 여행에도 아프고 힘든 순간이 자주 찾아왔다. 외로움에 질식할 것 같은 날도 흘러갔고, 얄팍한 주머니를 노리는 도둑과 소매치기의 먹잇감도 됐으며, 교통사고를 당해 구급차에 실려가기도 했다. 내가 사는 세계의 어두운 현실과도 종종 대면해야 했다. 어린 나이에 신부로 팔려가는 파키스탄의 소녀, 거리에서 죽을 날을 기다리며 적선으로 하루하루를 사는 인도 바라나시의 노인, 학교에도 가지 못하고 양을 치는 맨발의 에티오피아 소년을 만났다. 그들에게도 삶이 아름다운 것이냐고 묻는다면 그들은 뭐라고 답할까. 분명한 사실은 그럼에도 불구하고 누구의 삶에나 햇살처럼 반짝이는 순간이 찾아온다는 것이다. 부자가 눈물을 피할 수 없듯 가난한 이에게도 웃음이 깃든다. 삶은 그렇게 슬픔과 기쁨, 눈물과 웃음이 어울려 완성되는 것이기에.

살아 있다는 것은 무언가를 이루기 위한 수단이 아니라 삶 그 자체가 목적이 아닐까. 목숨을 지니고 태어난 이상 그냥 살아가는 것이다. 아무리 많은 눈물을 흘릴지라도, 그 눈물에 이어질 찰나의 웃음을 기다리면서. 내가 사랑하던 남자가 언젠가 그랬다. 삶에 감사를 표하는 가장 순정한 방법은 오늘도 살아 있는 것이라고, 고마워할 일 하나 없이도 하루를 살아내는 것이라고. 비올레타 파라가 말했듯 피곤한 발로도 삶에 감사하며 전진하는 것이다. 오직 있는 힘을 다해서 살 뿐이다.

삶의 마지막 순간에 이르러 나도 그녀처럼 이토록 많은 것을 내게 준 삶에 감사했다고 생을 찬미할 수 있을까. 부디 그럴 수 있기를. 조금 욕심을 낸다면 나를 찾아온 죽음의 방식이 그녀에게보다는 친절하기를.

07

그대가 있어
내가 있다

○

틱낫한, 「부디 나를 참이름으로 불러다오」

내일 내가 떠나리라고, 그렇게 말하지 말아다오.
오늘도 나는 여전히 오고 있다.

깊게 보아라, 이렇게 나는 순간마다
봄 나뭇가지에 돋는 새싹으로,
둥지에서 노래를 배우는
여린 날개의 작은 새로,
꽃의 심장에 들어 있는 쐐기벌레로,
돌 속에 감추어진 보석으로, 오고 있다.

울기 위하여, 웃기 위하여,
두려워하고 희망하기 위하여, 나는 온다.
내 심장의 맥박 소리는
살아 있는 모든 것의 생명이요 죽음이다.

나는 강물 위에서 몸을 바꾸는
한 마리 날도래다.
그리고 그 날도래를 삼키려
물위로 곤두박질하는 새다.

나는 깨끗한 연못에서
행복하게 헤엄치는 개구리다.

그리고 나는 소리도 없이
그 개구리를 삼키는 풀뱀이다.

(…)

나의 기쁨은 봄날처럼 따뜻하여
대지를 꽃망울로 덮는다.
나의 아픔은 눈물의 강이 되어
넓은 바다를 가득 채운다.

부디 나를 참이름으로 불러다오.
그리하여, 내 울음소리와 웃음소리를 동시에 듣고
내 기쁨과 아픔이 하나임을 보게 해다오.

부디 나를 참이름으로 불러다오.
그리하여, 자리에서 일어나
내 가슴의 문으로,
자비의 문을,
활짝 열 수 있게 해다오.

죽음을 삶과 동떨어졌다고 여길 때 인간은 오만해지는 것이 아닐까. 삶과 죽음이 대척되는 게 아니라 삶의 한가운데에 죽음이 존재함을 인식할 때 우리 삶은 겸손해진다. 모든 존재는 태어나는 순간, 죽음을 향해 내려가게 된다. 모든 살아 있는 것들의 필연적인 운명인 죽음을 어떻게 맞이해야 하는 걸까.

죽음을 삶의 일부분으로 여길 수도 있다는 생각을 처음 하게 된 곳은 인도의 바라나시였다. 바라나시는 갠지스 강 중류에 세워진 신성 도시였다. 그 도시의 강물에 몸을 담그기만 해도 이번 생의 모든 업보를 씻을 수 있고, 그곳에서 죽는다면 윤회의 사슬마저 끊을 수 있다고 했다. 서쪽 강변을 따라 강으로 내려가는 돌계단 가트가 이어져 있었다. 몸을 씻고, 빨래를 하고, 시신을 태우고, 신에게 경배하는 모든 일이 가트에서 이루어졌다. 가트로 가는 길목마다 이 도시에서 삶을 마감하기 위해 찾아든 이들이 깡통을 놓고 앉아 있었다. 전 재산을 보자기 하나에 담아 떠나온 이들이 죽음을 기다리고 있었다. 삶과 죽음이 반복되는 윤회에서 벗어나 완벽하고도 영원한 자유인 모크샤에 이르기를 열망하는 사람들. 그래서일까, 죽음을 기다리는 그들의 표정은 평온했다. 화장터에서는 하루 종일 시체를 태우는 연기가 타올랐다. 장작 값이 부족해 타다 만 시체가 강으로 던져지는가 하면, 집 한 채보다 비싸다는 백단나무로 가는 길을 마감하는 부자도 있었다. 장례의 풍경은 심상했다. 곡소리도 없고, 엄숙한 의식도 없었다. 시신의 손가락에서 슬쩍 반지를 빼내던 장작 때는 일꾼의 손놀림조차 자연스러웠다. 그 무심한 풍경을 바라보고 있으면 이승과 저승의 경계가 희미해지는 것 같았다. 죽음의 풍경이 저렇게 환할 수도 있구나. 눈물도, 만장도, 엄숙함도 없이 한 생명을 떠나보낼 수도 있구나. 윤회를 믿는다는 건 저토록 삶과 죽음을 경계 없이 받아들인다는 것임을, 죽음은 그저 또다른 문으로 가는 길일 수 있음을 그들이 보여주고 있었다. 죽음이 가까워지면 어딘가로 사라진다는 코끼리들처럼, 사람에게도 생을 마감하기에 좋은 도시가 어딘가에 하나쯤 있다는 것도 나쁘지 않다고 생각했다. 그렇대도, 이번 생의 업을 씻기 위해 그 신성한 강물에 몸을 담글 용기만큼은 생기지 않았다. 몸은커녕 옷깃이라도 닿을까 조심조심 강변을 걸어다녔다.

다음해 여름, 나는 티베트를 찾아갔다. 처음 티베트의 수도 라사에 발을 딛던 순간, 알 수 없는 먹먹함에 목이 막혔다. 모든 게 낯익은 느낌이었다. 마치 전생에 이곳에서 살았던 것처럼 회칠을 한 집들도, 긴 장옷을 입은 사람들도 정겨웠다. 함께 비행기를 타고 온 이들이 고산병으로 쓰러져 방에 누워 있을 때 나는 언덕을 뛰어다녀도 멀쩡했다. 그런 내 모습을 본 티베트 남자가 전생에 티베트 고산에서 살던 야크였던 것 같다며 웃었다. 그 땅은 황량하면서도 아름다웠다. 고도 삼사천 미터를 아무렇지 않게 넘나드는 척박한 땅이었다. 고도가 높아서였을까. 빛은 모든 것을 빨아들일 듯 강렬하고 투명했다. 하늘은 금세 푸른 물이 뚝뚝 떨어질 것처럼 짙푸른색이었다. 나는 티베트에 가서야 원래 하늘이 이토록 푸른색임을 알게 됐다. 중국의 지배를 받고 있었기에 녹록지 않은 삶이었을 텐데 그 땅의 사람들은 미소를 잃지 않았다. 사진을 찍어도 되느냐 물으면 누구나 활짝 웃으며 포즈를 취했다. 기골이 장대한 남자들의 태도는 자연스러우면서도 당당했다. 그

곳에서는 이방인이라는 기분이 조금도 들지 않았다.

어느 밤, 사원에서 하루를 머물게 되었다. 조장 때문이었다. 독수리에게 육신을 내어준다는 의미에서 조장, 바람에 영혼을 실어 보낸다는 뜻에서 풍장, 하늘로 돌아간다는 뜻에서 천장이라고도 불리는 티베트 고유의 장례방식이었다. 그 무렵 여행자들이 조장을 보기는 쉽지 않았다. 절과 유족 모두의 허락을 얻어야 했기 때문이다. 우연히 만난 일행 중에 비구니 스님이 계셔서였는지 절의 스님도, 유족도 참관을 허락했다. 단, 사진을 찍어서는 안 된다는 조건으로. 다음날 아침, 절에서 의식을 치른 후 언덕을 오르는 유족을 따라갔다.

언덕 위에 제법 넓은 공터가 펼쳐졌다. 공터 주변으로 어마어마하게 큰 독수리들이 문상객인 양 엄숙한 자태로 앉아 있었다. 그 독수리들이 시신을 기다리고 있는 중이라는 걸 뒤늦게 깨닫자 소름이 돋았다. 기도와 경을 읊는 시간이 길게 지나가고, 마침내 조장을 집행하는 '돔덴'이 커다란 칼을 꺼내들었다. 시신의 몸을 덮은 천을 풀어헤치고 시신의 배를 십자로 갈랐다. 칼과 도끼로 그는 시신을 빠르게 해체해나갔다. 시신이 잘려갈수록 독수리들이 가까이 모여들었다. 성질 급한 몇 놈이 날개를 퍼덕거리며 다가앉기도 했지만 함부로 시신으로 달려들지는 않았다. 망자에게 예를 갖추듯 차분하고 의연하게 기다리고 있었다. 마침내 부서진 뼈들을 모아놓고 돔덴이 독수리들을 불렀다. 모여든 독수리들이 살을 파먹고 나면 다시 그 뼈를 거두어 공이에 넣고 잘게 부순 후 보릿가루 참파를 섞었다. 한 구의 육신이 흔적도 없이 사라지는 데 두 시간이 채 걸리지 않았다. 그렇게 뼛가루조차 남기지 않고 한 몸이 자연으로 돌아갔다. 그곳에도 울음이나 곡소리는 없었다. 가족들은 평온한 표정으로 앉아서 그 모든 과정을 지켜봤다. 아이들조차도.

장례가 끝난 후 유족들은 준비해온 음식과 차를 돔덴에게 대접했다. 그들에게 돔덴은 망자의 영혼을 하늘로 돌려보내주는 이였고, 독수리는 망자의 몸을 싣고 하늘로 올라가는 전령사였다. 흰구름이 점점이 박힌 하늘로 배를 채운 독수리들이 날아올랐다. 시리도록 짙푸른 하늘이었다. 죽은 이가 살아 있는 새의 몸에 깃들어 하늘 가까이로 날아오르고 있었다. 기도 깃발인 탈초가 바람에 나부꼈다. 긴 코트를 입은 티베트 남자들이 하나둘 산을 내려갔다. 이번 생에서 본 가장 평화로운 장례식이었다. 조장은 불교의 교리와도 어울렸다. 세상을 떠나는 마당에 몸으로 자연에 보시하고 가는 것이니. 무엇보다 조장은 티베트의 척박한 자연환경에 잘 맞았다. 기후가 혹독하고 지세도 험준해 땅을 파기도 어려운 티베트에서는 시신을 묻어도 잘 썩지 않는다고 했다. 화장을 하기에는 나무가 귀했다. 그러니 조장은 문화적으로도 자연환경적으로도 티베트에 가장 어울리는 장례방식이었다. 나도 저렇게 내 몸을 온전히 자연에 돌려주고 떠날 수 있을까. 내가 세상을 떠나는 자리에 온 이들이 저렇게 담담하게 나를 보내줄 수 있을까. 티베트에 머물렀던 시간 동안 마주친 그 어떤 풍경보다도 조장의 풍경이 내 안에 깊이 새겨졌다. 죽음을 바라보는 그 쓸쓸하리만치 차분한 태도와 함께. 티베트에서 조장은, 인간이 자연에게 바치는 성스러운 공양이었다.

몇 년 후, 틱낫한 스님이 쓴 「부디 나를 참이름으로 불러다오」를 읽다가 조장의 풍경이 떠올랐다. 그날 아침의 짙푸른 하늘과 점잖게 기다리던 독수리떼와 햇살에 반짝 빛나던 돔덴의 긴 칼이 선연히 살아왔다. 독수리의 몸을 무덤 삼아 하늘로 날아오른 여인은 그 순간 세상을 떠나간 자가 아니라 다시 도착하는 이였을 것이다. 그 초원에 피어 있던 노란 유채꽃으로, 그 꽃술에 내려앉는 나비로, 나비가 지나간 실개천의 소금쟁이로 여인은 다시 돌아오고 있었을 것이다. 삶 속에 죽음이 있듯 죽음도 새로운 삶으로 이어져 있었을 테니. 결국 세상의 모든 존재는 서로 연결되어 있으며 우리는 모두 서로에게 빚진 존재라는, 지극히 불교적인 깨달음이 시 안에 새겨져 있다. "You are, therefore I am(그대가 있어 내가 있다)." 삶과 죽음이 하나이듯 당신과 나도 서로 안에 이어진 존재다.

08

기도의 의미

○

성 프란체스코의 기도

큰일을 이루기 위해 힘을 주십사 하느님께 기도했더니
겸손을 배우라고 연약함을 주셨고,
많은 일을 하려고 건강을 구했더니
보다 가치 있는 일을 하라고 병을 주셨으며,
행복해지고 싶어 부유함을 구했더니
지혜로워지라고 가난을 주셨습니다.
세상 사람들의 칭찬을 받고자 성공을 구했더니
뽐내지 말라고 실패를 주셨습니다.
풍요로운 삶을 누릴 수 있도록 모든 것을 달라고 기도했더니
모든 것 누릴 수 있는 삶, 그 자체를 선물로 주셨습니다.

구한 것 하나도 주어지지 않은 줄 알았는데
내 소원 모두 들어주셨습니다.

종교가 삶의 곡진한 이유인 곳은 언제나 불편하면서도 경이롭다. 자신이 기대는 것이 허위일 수도 있음을 생각하지 못하는 어리석음. 허위의 진실일지라도 현실의 지옥을 견디기 위해서는 기댈 곳이 필요하다는 지혜로움. 그렇게 놀라움과 경건함, 때로는 실망과 분노를 오가며 종교의 세계를 바라본다. 나는 신을 믿지 않는다. 굳이 말하자면, 불가지론자라고나 할까. 신이 있다고 선언하는 것도, 없다고 단정하는 것도 나의 오만과 무지를 드러내는 것만 같다. 단지, 어떤 초월적인 존재가 있을 수도 있다고, 그렇다 해도 그 절대자가 지금의 인

식 수준에서의 신은 아닐 것 같다고 막연히 생각할 뿐이다.

한때 매주 교회에 나가기도 했었다. 교회에서 운영하는 유치원에 다닌 덕에, 그리고 '예수쟁이'였던 할머니 덕에 일곱 살부터 열아홉 살까지 일요일이면 비가 오나 눈이 오나 교회로 가는 삶을 살았다. 물론 그렇게 '주일 엄수'를 치열하게 한 건 교회가 주는 부수적인 혜택—크리스마스와 여름 수련회, 시와 문학의 밤, 남학생들과의 합법적이고도 자연스러운 만남 등등—에 기댄 바가 더 컸다. 어쨌든 한때는 '하느님의 쓰임 받는 일꾼'이 될 거라고 교회 안에서 기대받기도 했다. 대학에 들어간 이후 교회 안 세계는 아름다운 공동체로 보기에는 무리가 따랐다. 외형적 성장에만 집착하고, 다른 종교를 인정하지 않고, 더불어 사는 삶을 가르치기보다는 기득권을 옹호하는 보수적인 무리가 싫었다. 나는 자연스레 교회와 멀어졌다. 무엇보다 성인이 되어 내가 만난 세상은 이토록 엉망인데 교회 안의 세계는 안온하고 자족적이라 낯설었다. 죽은 후의 천국을 꿈꾸기에는 현실의 지옥이 너무 생생했다. 그 지옥을 개선하고 싶어 거리에서 구호를 외치며 대학 시절을 보내는 동안 자연스레 유물론자가 되어갔다. 그 시절, 나에게 신의 은총은 멀었고, 인간의 고통은 가까웠다.

스무 살 이후 어떤 종교에도 귀의하지 않은 채 25년을 건너왔다. 기독교뿐 아니라 다른 모든 종교에 대해서도 회의적인 태도는 변하지 않았다. 나는 한 번도 순진하고 열렬한 믿음의 소유자가 되지 못했다. 늘 의심하고, 회의하는 쪽이었다. 종교에 대해서도, 결혼이나 가정이라는 제도에 대해서도, 훌륭하다는 사람의 말이나 글에 대해서도.

내게 종교는 벽이었다. 세상과 사람에 대한 이해를 가로막는 높고 단단한 벽. 도저히 넘을 수도 부술 수도 없는 그런 벽으로 보였다. 여행을 다닐수록 종교에 대한 거부감이 나도 모르게 조금씩 커져갔다. 신앙이라는 감옥에 갇힌 이들을 너무 많이 보았기 때문일까. 사막의 사람들은 여전히 하루에 다섯 번씩 기도하고, 가난한 이웃에게 선행을 베풀고, 일생에 한 번은 메카를 순례했음에도 여성의 삶에는 엄격했다. 인도의 가장 가난한 이들은 종교가 규정한 신분에 따라 평생 차별을 받으면서도 그저 더 나은 내세를 기원할 뿐이었다. 라틴아메리카의 원주민들은 저희를 침략하고 몰살한 이들의 신에게 의지하고 있었다. 아무리 가난한 마을이라 해도 장엄하고 화려한 성당이 서 있었다. 그들은 내게 종교가 없이 어떻게 살 수 있느냐고 물었지만, 나는 자신들을 위해 아무것도 해주지 않는 신을 섬기는 그들의 모습이 더 놀라웠다. 현실의 삶이 고단할수록 신의 이름을 더 간절히 부르는 것 같아 서글프기도 했다.

신의 이름으로 갈등하고 반목하는 모습을 주로 보며 다녔지만 드물게 아름다운 순간도 찾아왔다. 부처가 깨달음을 얻었다는 인도 보드가야를 여행할 때였다. 무슨 마음이 들었던지 티베트 절에서 운영하는 명상 센터에 등록했다. 침묵 속에서 명상을 하고 법문을 듣고 채식을 하는 열흘간의 과정이었다. 성탄절 아침, 새벽 명상을 위해 들어온 스님이 인사를 건넸다. "오늘은 예수님이 오신 참 좋은 날입니다. 모두에게 예수님의 평화가 깃들기를 바랍니다." 내가 들어본 가장 멋진 성탄절 인사였다. 스페인의 카미노 데 산티아고를 걷다가 마주친 독일인 신부님도 잊을 수 없다. 도대체 선교의 의미가 무엇이냐고 공격적으로 질문하자 그는 이런 답을 들려줬다. "이제 이교도를 기독교도로 바꾸는 데 선교의 의미를 두어서는 안 돼. 각자 믿고 있는 종교 안에서 불교도는 더 나은 불교도가 되게끔, 이슬람교도는 더 나은 이슬람교도가 되게끔 돕는 게 진정한 선교일 거야." 그런 경험을 자주 했더라면 나도 교회나 절에서 안식을 구했을지도 모른다. 하지만 어리석은 이는 목소리도 높아 어디에서나 쉽게 눈에 띄었지만 겸손하고 지혜로운 신앙인은 잘 드러나지 않았다. 나는 여전히 종교가 드리우는 빛보다는 어둠에 더 예민한 사람이었다.

종교가 우리 삶에서 차지하는 의미를 미약하게나마 인정하게 된 건 한 남자 덕분이었다. 독실한 기독교 집안에서 태어나 모태신앙을 가진 남자였다. 우울증과 불안장애를 심하게 앓으면서도 죽음을 생각하지 않는 이유에 대해 그는 자신에게 기독교적 사고가 깊이 박혀 있어서일 거라고 말했다. 그는 교회를 안 다닌 지 오래되었지만 내가 아는 가장 영적인 사람이었다. 성경을 문자 그대로 해석하지 않고, 다른 종교에도 구원이 있을 수 있다고 인정하고, 더 나은 사회를 위한 교회의 역할을 요구하는 사람이었다. 교회나 성경에 갇혀 있지 않았지만 그가 믿는 신은 여전히 그에게 삶의 의미를 부여하는 존재였다. 영화 〈마스터〉에서 사이비 종교의 교주가 자신을 떠난 신도에게 그랬다. "네가 마스터를 섬기지 않고 사는 법을 알게 된다면 우리에게도 가르쳐달라"고. 허위의 진실일지라도, 그 반쪽의 진실이 주는 위안이

분명 우리 삶에 있을 것이다. 섬기지도 않는 신의 이름을 부르면서 나 또한 그 위안을 얻기 시작했으니.

그가 공황장애에 빠질 때나 깊은 우울의 늪에서 헤어나지 못할 때면, 아무것도 할 수 없던 나는 기도를 하기 시작했다. 어째서 이렇게 선한 사람이 아파야 하느냐고 묻고, 고통에 의미라는 게 있다면 어서 깨닫게 해달라고 요구했다. 기도라 하기에는 민망한, 화를 내며 원망하는 넋두리에 가까웠다. 신을 믿지 않으면서도 신에게 기댈 수밖에 없는 날들이었다. 평생 병과 함께 살아갈 거라며 그는 오히려 담담했는데, 나는 그 사실을 받아들이지 못했다.

그러던 어느 날, 몇 년 전 홋카이도의 정신장애인 공동체인 베델의 집에서 만났던 「성 프란체스코의 기도」라는 시 한 편이 떠올랐다. 정신분열증을 앓는 친구가 이 시에 곡을 붙여 만든 노래를 들으며 눈물 흘렸었지만 늘 그렇듯 일상으로 돌아와 곧 잊어버렸었다. 이 시를 다시 떠올리고 나니 자주 찾아 읽게 되었다. 고통이 철저히 개별적인 경험에 불과하다는 걸 깨달을 때면 기도하듯 이 시를 읊었다. 여전히 뭐라고 불러야 할지 모르는 그분을 떠올리며. 그의 병을 낫게 해달라고가 아니라, 지금 모습 그대로를 받아들이게 해달라고 기도 내용도 바뀌어 있었다. 그는 여전히 입원과 퇴원을 반복하며 아팠고, 공황장애가 지나갈 때면 며칠씩, 때로는 몇 주씩 말을 못하는 날들이 이어졌다. 나는 주문처럼 "모든 것 누릴 수 있는 삶, 그 자체"가 아직 우리에게 남아 있으니 충분하다고 중얼거렸다. 거짓말이라고 생각하면서도, 그 말을 붙들었다. 삶의 아름다움을 아무것도 느끼지 못하는 사람에게도 삶이 선물인 거냐고 소리지르며 되묻고 싶은 마음을 꾹꾹 눌러가며 이 시를 읽었다. 그 시절, 나에게는 이 시가 유일한 기도였으니 이것마저 놓칠 수는 없었다.

시간이 더 흘러, 끝내 그의 어둡고 쓸쓸한 세계를 감당하지 못해 돌아섰을 때, 나는 스스로에게 물을 수밖에 없었다. 정말 그를 위해 기도했던 거였느냐고, 그를 위해 울었던 거였느냐고. 너의 눈물과 너의 고통에 취해 너 자신을 위해 기도했던 게 아니었느냐고. 그랬기에 "모든 것 누릴 수 있는 삶"이 남아 있다고 믿고, 그 말에 기댈 수 있었던 게 아니었느냐고. 만약, 그 우울의 감옥에 갇힌 게 너였다면, 공황장애와 실어증을 견뎌야 했던 게 너였다면, 그때도 너는 내 소원을 모두 들어주셨다고 그렇게 고백하듯 읊조릴 수 있었겠느냐고. 그런 질문들에 아니라고 답할 수 없었다.

어째서 신이 시련으로 사람을 단련시키는지, 왜 착하게 살아온 이들일수록 더 모진 시련을 견뎌야 하는지, 신이 어떤 기준으로 시련을 겪을 이를 선택하는지 여전히 알지 못한다. 힘을 달라 한 이에게 연약함을 주고, 건강을 구한 이에게 병을 주고, 부유함을 원한 이에게 가난을 주는 그 깊은 뜻을 이해하지 못한다. 아직 세상에 아무런 죄도 짓지 않은 어린아이들이 고통을 겪어야 하는 이유를 납득하지 못한다. 단지 내가 겨우 이해한 종교의 역할이라면 인간을 겸손하게 만든다는 것, 그 정도다. 기도하는 행위에 치유의 힘이 들어 있다는 것을, 신의 이름을 부르는 것만으로도 혼자가 아니라고 생각할 수 있다는 것을 겨우 알 뿐이다. 그러니 「성 프란체스코의 기도」에 대한 내 이해는 여전히 반쪽짜리다. 내가 글로도, 말로도 전할 수 없는 어떤 지독한 고통을 견디며 이 기도를 떠올릴 수 있다면, 그때 '구한 것 하나도 주어지지 않은 줄 알았는데 내 소원 모두 들어주셨'다고 고백할 수 있다면, 그날이 어쩌면 내가 구원받는 날이 아닐까.

09

눈물의 힘

○

김소연, 「눈물이라는 뼈」

암늑대가 숲속에서 바람을 간호하는 밤이었대. 바람은 상처가 아물자, 숲을 떠나 마을로 내려갔대. 암늑대가 텅 빈 두 손을 호호 불며, 우듬지에 앉은 지빠귀를 올려다보는 밤이었대. 섭생을 위해서 살생을 해야만 하는 운명에 처한 늑대 이야기에, 한 아이는 밑줄을 긋고 있었대. 바람은 그 지붕 위를 저벅저벅 밟고 다녔대. 암늑대는 노란 지빠귀를 올려다보고, 노란 지빠귀는 늑대를 내려다보았대. 둘은 눈을 떼지 않고 서로를 쳐다보았대. 그래서 겨울밤은 감옥이 되기 시작한 거래.

바람은 이불처럼 마을을 덮었다가, 이내 사납게 지붕들을 부수며 뛰어다녔대. 한 아이가 등불을 끄고 누울 때 두 손을 가슴에 얹는 것은, 이 겨울밤에 닥친 이야기의 죄값에 대해 이미 알고 있기 때문이래. 안다는 것에 대해 가슴이 미리 떨리기 때문이래. 세상이 잠이 들자, 암늑대는 나무둥치를 긁았대. 발톱을 힘껏 세워 긁어댔대. 지빠귀는 더이상 노래하지 않았대. 그 부리로 더이상 먹지도 않았대. 앙상한 나뭇가지만을 쪼아대고 있었대. 바람은 온 마을을 한 바퀴 휘감고는, 장전을 끝낸 총구처럼 날렵하게 북상중이었대. 바람은 그럴 때 아이들의 악몽을 빼앗아 달아난대. 악몽이 빠져나간 아이들의 이마는 허름해지고, 지빠귀가 쪼아댔거나 먹어댔거나 노래했거나, 암늑대의 눈빛은 흔들리지 않았대.

바람을 간호하던 암늑대의 긴 혓바닥이 나뭇가지처럼 딱딱해질 때, 비로소 아이는 늑대의 섭생을 이해하는 한 그루 어른이 되는 거래. 그때 바람은 떠났던 숲으로 돌아가지 못해 더 큰 목소리로 운대. 눈물이 사라진 어른들을 믿을 자신이 없어, 아이도 모로 누워 남몰래 운대. 밤새 흘러내린 눈물로 마당이 파이기 시작하면, 바람은 사라지고, 새로운 돌부리들이 죽순처럼 쑥쑥 마당을 뚫고 올라온대. 누군가는 그 돌을 주워 피리를 불고 누군가는 그 돌이 부르는 노래를 듣는대. 늑대가 섭생을 위해 밤새도록 무엇을 원했는지는, 그 노래에 귀를 기울이면, 다, 알 수가 있대.

바람이 함부로 덤벼드는 밤이었다. 칠레의 파타고니아에서 인간이 아직 훼손하지 못한 계곡과 빙하와 산봉우리를 넘나들며 캠핑을 하고 있었다. 짧은 여름이 끝나갈 무렵이라 고즈넉한 야영장을 장악한 건 바람이었다. 텐트를 뒤흔드는 바람 소리에 뒤척이다 결국 랜턴을 켜고 배낭에서 책을 꺼냈다. 라틴아메리카 여행을 시작할 때 챙겨넣은 시집이었다. 김소연 시인의 『눈물이라는 뼈』. 시집의 서문으로 이런 짧은 글이 적혀 있었다. "어떤 눈물들은 차분하고 투명하며 열렬했다. 그런 눈물과 닮고자 했다. 나의 문학이. 그리고 나의 삶이." 아, 그녀에게 눈물은 삶을 단단히 받치는 뼈대가 되는 것일까. 내가 누워 있는 파타고니아의 별과 나무를 떠올리게 하는 몇 편의 시들을 읽어나가다가 「눈물이라는 뼈」와 마주쳤다. 한 편의 그림동화를 읽는 것 같은 시였다. 나뭇가지 위 노란 지빠귀의 긴장한 눈동자와 나무둥치를 갉는 암늑대의 결연한 몸짓과 모로 누워 우는 아이의 흔들리는 등이 선연하게 떠올랐다. 자신이 살기 위해서는 타자의 생명을 취해야만 하는 늑대의 삶을 이해하게 된 아이는 끝내 늑대의 살생을 모른 체하는 죄를 짓고, 그 죄의 무게로 밤새 마당이 파일 정도로 눈물을 흘린다. 아이가 그토록 울었던 건 늑대의 운명과 제 운명이 그리 다를 것 없다는 것을 어렴풋이나마 알았기 때문은 아니었을까. '눈물이 사라진 어른들을 믿을 수 없'어 혼자 우는 아이의 눈물이 가만히 나를 어루만졌다. 이상하기도 하지. 어른이 된다는 것은 이제 혼자 우는 날들이 시작된다는 게 아니었나. 타인의 말에 마음을 베여서, 원하는 것을 가질 수 없어서, 소중한 것을 잃어서 눈물을 쏟는 게 일상인 날들인데…… 산다는 일이 상처를 쌓아가는 일에 다름아니라는 것을, 누구나 울음으로 세상을 견뎌간다는 것을 깨닫는 게 어른의 삶이 아닌가. 그런데 어째서 아이는 눈물이 사라진 어른을 이야기하는 것일까. 텐트의 천장을 바라보고 누워 곰곰이 생각해보니 어른이 되어 내가 흘린 눈물은 대부분 나를 위한 눈물이었다. 더이상 타인을 위해 울지 않게 될 때 우리는 쓸쓸한 어른이 되는 것일까. 그런 생각을 하며 뒤척이던 밤, 바람은 살아 있는 것들에게 싸움이라도 거는 듯 불어오고 있었다. 텐트 밖 어딘가에도 분명 섭생을 해결하기 위해 헤매는 늑대 몇 마리가 있을 터였다. 그 밤, 지빠귀가 살아남기를 바라야 할지 늑대가 살생에 성공하기를 바라야 할지 끝내 알 수 없었다.

두번째로 산티아고 순례길을 걷던 몇 년 전의 가을, 이 시가 다시 다가왔다. 방송 촬영을 겸한 길이어서 열한 명이 한 달을 함께 보내야

했다. 걷는 이유부터 살아온 모습까지 모든 게 다른 사람들이 이십사 시간을 함께 보내면서 갈등이 쌓여갔다. 불편한 마음을 끌어안고 걸어가던 어느 날, 산티아고 길에서 가장 유명한 십자가에 다다랐다. 순례자들이 남겨놓은 사연들이 걸려 있어 그걸 보기 위해 다들 발을 멈추는 곳이었다. 우리 일행 중에는 자식을 먼저 떠나보낸 어머니가 있었다. 그녀가 배낭에 넣어온 딸의 유품과 편지를 십자가에 걸었다. 그 모습을 보며 일행들은 흐느꼈다. 나 또한 울었다. 가까워지기 어려운 분이었지만 그 순간만큼은 그녀의 아픔을 외면하기 힘들었다. 하지만 그 눈물의 절반은 나를 위한 눈물이었다. 타인을 이해하지 못해 괴로운 내가 안쓰러워 울었다. 그렇게 내 서러움에 취해 울고 있을 때 누군가 다가와 나를 끌어안았다. 일행이라고 짐작한 나는 그 품에 안겨 하염없이 울었다. 그녀도 말없이 내 머리를 쓰다듬으며 함께 울었다. 한참을 울다 고개를 드니 눈물범벅이 된 낯선 얼굴이 나를 바라보고 있었다. 뉴질랜드에서 온 자넷이라고 했다. 그녀는 우는 내가 안쓰러워 이유도 묻지 않고 그저 함께 울어준 거였다. 조금 떨어진 곳에서 그녀의 남편도 우리를 바라보며 눈가를 훔치고 있었다. 말을 섞어본 적도 없는 낯선 타인에게 기대어 위로받는 일이 기적이 아니라면 무엇일까. 인간이 지닌 가장 아름다운 능력이 타인을 위해 울 수 있는 마음이라는 생각이 들었다. 오래 울고 난 그날, 평소보다 한결 편안해진 마음으로 남은 길을 걸어갔다. 나를 위해 울어준 타인의 눈물에 기대어.

타인의 고통을 상상할 수 있는 예민한 촉수. 그래서 언젠가 그의 아픔이 내 것이 될 수 있음을 공감하는 힘. 인간을 가장 인간답게 만드는 그 힘을 우리는 점점 잃어간다. 나를 위한 눈물은 헤퍼지는데 타인을 위한 눈물은 점점 말라간다. 텔레비전을 틀면 드라마 속에서 늘 누군가 울고 있다. 부끄러운 일을 저지른 후 눈물을 앞세워 사과하는 이의 모습도 보인다. 그런데도 우리는 세월호 유가족의 눈물을 폄훼하기도 한다. 비정규직의 애환을 다룬 영화를 보고 나오면서 팝콘통을 자리에 버려둔다. 텔레비전이나 영화 속 이야기에는 눈물을 흘리지만 이웃의 고통에는 둔감해져 살아간다. 타인을 위한 눈물이 말라간다는 건 눈물이 지닌 힘도 사라져간다는 것이다. 여기까지 오기 위해 우리는 무수한 이들의 눈물에 기대었는데 다음 세상은 무엇의 힘으로 쌓아올릴 수 있을까.

마음이 버석거릴 때면 「눈물이라는 뼈」를 자주 찾아 읽는다. 쓸쓸함이 목까지 차올라 나를 삼켜버릴 것 같을 때, 여전히 나를 위해서만 우는 내가 부끄러울 때면 반성하듯 이 시집을 꺼내든다. '차분하고 열렬하고 투명한' 슬픔의 시들이 나를 기다리고 있다. 내 심장에 와닿은 그녀의 슬픔은 어느새 아름다운 위안이 되어 나를 어루만져준다. 이 시집에 실린 「그녀의 눈물 사용법」에 나오는 것처럼 '눈물로 살림살이의 등때를 헹궈'가며 깨끗하게 살고 싶다는 바람을 다시 품어본다.

잠이 오지 않는 밤마다 이 시집을 펴들기를. 몇 편의 시를 건너다니다 얕은잠이라도 찾아온다면, 등불을 끄고 누우며 시 속의 아이처럼 두 손을 가슴에 모아 잡기를. 살아가기 위해 내가 치러야만 하는 죗값을 떠올리면서, 내일은 나 아닌 이를 위해 울 수 있기를 바라면서.

10

그럼에도 불구하고

○

김승희, 「그래도라는 섬이 있다」

가장 낮은 곳에
젖은 낙엽보다 더 낮은 곳에
그래도라는 섬이 있다
그래도 살아가는 사람들
그래도 사랑의 불을 꺼뜨리지 않는 사람들

세상에서 가장 아름다운 섬, 그래도
어떤 일이 있더라도
목숨을 끊지 말고 살아야 한다고
천사 같은 김종삼, 박재삼,
그런 착한 마음을 버려선 못쓴다고

부도가 나서 길거리로 쫓겨나고
인기 여배우가 골방에서 목을 매고
뇌출혈로 쓰러져
말 한마디 못 해도 가족을 만나면 반가운 마음,
중환자실 환자 옆에서도
힘을 내어 웃으며 살아가는 가족들의 마음속

그런 사람들이 모여 사는 섬, 그래도
그런 마음들이 모여 사는 섬, 그래도

그 가장 아름다운 것 속에
더 아름다운 피 묻은 이름,
그 가장 서러운 것 속에 더 타오르는 찬란한 꿈
누구나 다 그런 섬에 살면서도
세상의 어느 지도에도 알려지지 않은 섬,
그래서 더 신비한 섬,
그래서 더 가꾸고 싶은 섬, 그래도
그대 가슴속의 따스한 미소와 장밋빛 체온
이글이글 사랑에 눈이 부신 영광의 함성

그래도라는 섬에서
그래도 부둥켜안고
그래도 손만 놓지 않는다면
언젠가 강을 다 건너 빛의 뗏목에 올라서리라,
어디엔가 걱정 근심 다 내려놓은 평화로운
그래도, 거기에서 만날 수 있으리라

지난여름은 영원히 이어질 것만 같았다. 메르스가 창궐했던 그 여름이 가기 전에 내 인생이 더이상 회복될 수 없을 정도로 망가질 줄 알았다. 그 정도로 공포에 사로잡혀 있었다. 시작은 경제적 위기였다. 남쪽 나라에서 겨울을 나고 5월이 되어서야 돌아온 터라 통장에 잔고는 없었다. 부지런히 생활비를 벌어야 하는데 메르스가 번졌다.

그 탓에 예정되어 있던 강연이 줄줄이 취소됐다. 주수입원이던 강연이 끊기니 밥벌이조차 못했다. 빚이 늘어나는 만큼, 점점 가라앉아갔다. 마음이 무너지니 몸도 균형을 잃었다. 대상포진에 불면증까지 찾아왔다. 잠 때문에 망할 거라는 얘기를 평생 일관되게 들어왔던 나에게 불면증이라니. 그동안 잠으로 인생을 낭비한 대가인가 싶기도 했다. 잠들지 못하는 밤마다 격렬하게 걱정을 했다. 이달 치 생활비에 대한 걱정, 올려줘야 할 전세금에 대한 걱정, 전세 재계약 만기 후 생활에 대한 걱정, 그 너머 노후에 대한 걱정까지. 걱정의 세계는 깊고도 놀라웠다. 걱정은 걱정끼리 만나 공포를 낳으며 무한증식해갔다. 마침내 세상의 모든 고통을 혼자 짊어졌다고 느끼는 경지에 이르렀다. 이 넓은 지구에서 나만 혼자이고, 나만 불행하고, 나만 가난했다. 나만 세상을 잘못 살아온 것 같았다. 거실 창가에 앉아 거리를 내다보면 길 가는 모든 이들이 행복해 보였다.

걱정의 그물에 갇혀 숨이 막힐 때면 산에 올랐다. 땀을 쏟으며 걸을 때만큼은 광활한 걱정의 세계도 잠시나마 줄어들었다. 한 주에 서너 번씩 산에 올랐다. 여름 햇살에 벌겋게 온몸을 익혀가며 산에 올라 내려다보는 서울은 아득할 정도로 넓어 보였다. 사방을 가득 메운 건물의 유리창이 튕겨내는 햇살에 눈이 아팠다. 저렇게나 집이 많은데 내 집이 없다니, 저렇게나 많은 사람이 가족을 이뤘는데 혼자라니, 서러웠다. 언제까지 이렇게 살아가야 하나 싶어 남은 삶이 무서웠다. 삼복더위에 산을 오르며 몸을 혹사해도 잠은 오지 않았다. 해도 해도 끝이 없는 걱정과 연민으로 잠들지 못하는 밤이면 책을 읽었다. 오바마

대통령이 여름휴가에 챙겨갔다는 줌파 라히리의 『저지대』와 『축복받은 집』을 읽었고, '작가들의 작가'라는 제임스 설터의 『가벼운 나날』과 『스포츠와 여가』를 읽었다. 독일의 소도시를 걷는 시인의 글과 디아스포라의 삶을 살아가는 재일교포의 글을 읽었다. 열대야에 몸이 식지 않는 밤이면 극장으로 심야영화를 보러갔다. 어차피 밤은 길었고, 나는 잠을 잃은 터였다. 디스토피아에서 탈출하고자 질주하는 여자들이 나오는 〈매드맥스: 분노의 도로〉를 보고, 아들을 잃고 삶의 의미도 잃은 아버지의 노래 〈러덜리스〉를 듣고, 은행 돈을 훔쳐 몰락을 향해 폭주하는 여자가 나오는 〈종이달〉을 봤다. 소설과 영화 속 세계가 현실과 그리 다르지 않았다. 다들 불안해 보였고, 다들 고단해 보였다. 주변을 둘러보면 나라 전체가 재난영화의 촬영 현장이라 할 정도로 모두 생존 자체가 위태로웠다. 아이는 아이대로, 노인은 노인대로, 걱정에 사로잡혀 있었다. 직장이 있는 사람도, 일이 없는 사람도 두렵기는 마찬가지였다. 공포를 기반으로 굴러가는 사회에서 나는 살고 있었다. 세월호 이후 국가가 더이상 우리를 지켜주지 않는다는 걸 확인했고, 그후 삶은 더 가혹해졌다. 이 땅에 사는 것만으로도 우울증에 걸릴 것 같았다.

여름이 끝나갈 무렵, 국가에서 무료로 해주는 '생애전환기 건강검진'을 받았다. 다시 걱정이 덮쳤다. 스트레스 검사에서 고위험군으로 판명되면 어쩌나. 몸도, 마음도 심하게 망가져 회복 불능이라 하면 어쩌나. 결과는 충격적이었다. 스트레스 저항도가 뛰어나고, 피로도는 매우 낮으며, 자율신경 조절능력이 아주 좋은 상태란다. 지금껏 우울증이라고 믿었던 건 착각이었나. 나는 생각 이상으로 강인한 인간이었나. 어리둥절했지만 한결 안심이 되었다. 그 요상한 스트레스 검사 결과 덕분인지 조금씩 걱정에서 벗어났다. 정신을 차리고 보니 그 정도의 물질적 궁핍에 무너지다니 어이가 없었다. 밥벌이를 못한 건 고작 넉 달 남짓이었다. 그동안 나는 가난하다 믿었지만 한 번도 절망적일 정도로 가난하지 않았고, 외롭다 했지만 절절하게 고독하지 않았던 거였다. 전세금을 올려줄 때 내게는 깨뜨릴 청약저축이나마 있었고, 부탁도 안 했는데 모자라는 돈을 선뜻 빌려준 선배도 있었다. 처음으로 목구멍에 풀칠할 정도로까지 몰려보니 지레 겁이 났던 것에 불과했다. 여행을 하고, 글을 쓰며 살아가는 이 길에서 자족하는 한 안전할 것이라고 믿었던 걸까. 욕심 부리지 않고 성실하게 살아가다가도 복병을 만나 고꾸라질 수도 있는 게 인생이란 걸 잊고 있었다. 뜻한 대로 술술 잘 풀려서 살아가는 게 아니라 그럼에도 불구하고 사는 거라는 걸 잠시 잊었다.

유목민으로 살아온 지난 10년의 세월과 그 길 위에서 만났던 이들이 떠올랐다. 코가 썩어버릴 것 같은 가죽 냄새 속에서 맨발로 무두질을 하던 모로코 페스의 남자들이, 물을 긷기 위해 사막을 가로질러 몇 시간을 걸어다니던 인도 자이살메르의 여자들이, 일자리를 구하지 못해 하루 종일 광장에서 소일하던 볼리비아의 청년들이, 어두운 방에서 여린 손끝으로 담뱃잎을 말던 미얀마의 소녀들이 생각났다. 어떤 상황에서든 사람들은 살아가고 있었다. 어디에선가는 삶을 끝내는 이들도 있겠지만 당연하게도 내 눈에는 있는 힘을 다해 살아내는 사람들의 모습만 들어왔다. 아무리 비루한 일상이라 해도, 살아야 할 절실한 이유가 보이지 않는다 해도 살아야만 한다는 것. 그 쓸쓸하면서도 단순한 진리를 확인하기 위해 지구 반대편까지 찾아다녔던 게 아니었을까. 세상에는 가장 낮은 곳에서, 그래도, 살아가는 사람들이 있었다. '어떤 일이 있더라도 목숨을 끊지 말고 살아야 한다고' 믿는 착한 사람들이 있었다. 그 여름의 끝에 「그래도라는 섬이 있다」를 프린트해 책상 앞에 붙여놓았다. 우리는 '그래서라는 섬'이 아니라 '그래도라는 섬'에서 살아가는 사람들이라는 사실을 잊지 않기 위해서. 넘어지고 깨어져 피투성이가 된 몸과 서럽고 아픈 마음으로 서로를 붙잡은 손을 놓지 않고, 그래도 살아갈 수밖에 없는 숙명임을 기억하기 위해서.

걱정과 자기 연민의 우물에 갇혀 지냈던 여름이 끝나고, 가을이 깊어갈 무렵이었다. '자가 진단 우울증'에서 벗어난 기념으로 뭘 할까 궁리하며 신문을 읽다가 다시 걱정에 사로잡혀버렸다. 존재 자체가 온 국민의 걱정거리가 되어버린 여의도라는 진흙탕이 겨우 되찾은 내 일상의 평화를 위협했다. 하지만 여의도에도 묵묵히 제 할일을 하는 정치인이 있고, 나는 그 의원에게 연 수입의 1퍼센트를 기부하고 있었다. 올해는 수입이 너무 적으니 모른 척하고 싶었는데, 그럴 수가 없었다. 숭고한 이상에서가 아니라 순수한 이기심 때문이었다. 제도적인 뒷받침 없이 내 일상의 안전은 보장되지 않는다는 것을, 행복은 결국 관계에서 비롯되는 것이기에 나 혼자만의 행복은 없다는 것을

절실히 깨달았기에. 여전히 책상 앞에 붙어 있는 시의 마지막 구절처럼 우리가 부둥켜안은 손만 놓지 않는다면 언젠가는 걱정 근심 다 내려놓은 평화로운 날들이 오리라고 순진하게 믿지는 못하겠지만, 절망의 억세고 질긴 손길보다는 희망의 가냘픈 손목을 움켜쥐고 싶었다. 그래도, 그래도.

11

여행과 책

○

남진우, 「타오르는 책」

그 옛날 난 타오르는 책을 읽었네
펼치는 순간 불이 붙어 읽어나가는 동안
재가 되어버리는 책을

행간을 따라 번져가는 불이 먹어치우는 글자들
내 눈길이 닿을 때마다 말들은 불길 속에서 곤두서고
갈기를 휘날리며 사라지곤 했네 검게 그을려
지워지는 문장 뒤로 다시 문장이 이어지고
다 읽고 나면 두 손엔
한 움큼의 재만 남을 뿐

놀라움으로 가득찬 불놀이가 끝나고 나면
나는 불로 이글거리는 머리를 이고
세상 속으로 뛰어들곤 했네

그 옛날 내가 읽은 모든 것은 불이었고
그 불 속에서 난 꿈꾸었네 불과 함께 타오르다 불과 함께
몰락하는 장엄한 일생을
이제 그 불은 어디에도 없지
단단한 표정의 책들이 반질반질한 표지를 자랑하며
내게 차가운 말만 건넨다네

아무리 눈에 불을 켜고 읽어도 내 곁엔
태울 수 없어 타오르지 않는 책만 차곡차곡 쌓여가네

식어버린 죽은 말들로 가득찬 감옥에 갇혀
나 잃어버린 불을 꿈꾸네

한 줄 한 줄 행간을 따라 읽어나가는 동안 불꽃을 피워 올리는 책이 있다. 넘실대는 언어의 불길에 이끌리다보면 심장에도 불이 번져 타오르고, 마침내 책장을 덮고 나면 새로운 세상으로 뛰어들게 만드는 책이 있다. 한 권의 책이 이끄는 여행이 있다. 그리하여 마침내 새 삶이 되는 책이 있다.

한 권의 책이 열어준 낯선 세상을 상상하는 날이 누구에게나 한 번쯤 지나갔을 것이다. 카뮈를 읽으며 알제리의 티파사를, 장 그르니에를 읽으며 지중해의 쏟아지는 햇살을, 로맹 가리를 읽으며 페루의 해변을, 니코스 카잔차키스를 읽으며 크레타 섬을, 조지 오웰을 읽으며 바르셀로나의 람블라스 거리를, 카프카를 읽으며 프라하의 성을, 도스토옙스키를 읽으며 상트페테르부르크를 가슴에 품던 날들이. 아직 찾아가지 못한 땅이지만 내가 열렬히 그리워하는 알래스카도 그렇게 한 권의 책을 통해 다가왔다.

베란다로 떨어지는 빗소리가 귓전을 울리던 8월의 오후였다. 몇 달째 스페인의 한 작은 도시에서 머물고 있었다. 우체국에서 찾아온 택

배 상자에는 몇 권의 책이 들어 있었다. 기다렸던 책 사이로 부탁하지 않은 책이 보였다. 『알래스카, 바람 같은 이야기』, 저자의 이름은 호시노 미치오. 책을 집어 무심히 훑어보다가 조금씩 미지의 땅 알래스카로 빨려들어갔다. 그가 이끄는 대로 수만 년 동안 먹이를 찾아 이동하며 살아온 카리부떼를 만나고, 이끼와 토템폴로 가득한 깊고 서늘한 숲을 걷고, 우미악을 저어 고래 사냥을 나서는 원주민들을 따라갔다. 단정한 글과 과장 없는 사진에 그 글을 쓰고 사진을 찍은 사람의 성품이 고스란히 배어났다. 그치지 않는 빗소리 속에서 마지막 장을 덮고 나서야 자리에서 일어났다. 알래스카의 광활한 대지 위에서 카리부떼를 만나고 싶다고 갈망하게 된 오후였다.

어떤 사람은 살아서 이미 전설이 되었다가 죽어서 신화로 완성된다. 호시노 미치오도 그런 경우가 아닐까. 열여덟 살 때 도쿄 헌책방거리의 한 서점에서 우연히 집어든 알래스카 사진집이 그의 운명을 움직였다. 작은 마을의 항공 사진에 매료된 그는 그 마을로 편지를 쓴다. "일을 해야 한다면 어떤 일이든 할 수 있으니, 모쪼록 어느 댁에서든 저를 받아주실 수 있을런지요." 주소란에는 "쉬스마레프 마을 읍장 앞, 알래스카, 미국"이라고만 적어 보냈다. 6개월이 지난 후 그에게 답장이 날아왔다. "여름은 카리부 사냥이 시작되는 계절이라 일손이 많이 필요합니다. 오신다면 환영하겠습니다." 1971년의 여름 석 달을 그는 알래스카의 쉬스마레프 마을에서 보낸다. 그리고 7년 후 알래스카 대학의 야생동물학부에 입학했다. 그때부터 그는 알래스카라는 대지에 삶의 지도를 그리기 시작했다.

그는 글과 사진만큼이나 정직한 방식으로 알래스카의 자연과 만났다. 해마다 봄이 오면 그는 북극권의 고립된 툰드라 지역으로 날아갔다. 가장 가까운 에스키모 마을까지 200킬로미터. 두 달 후 파일럿이 데리러 올 때까지 누구와도 말을 섞지 못한다. 7년 전 카리부떼와 조우했던 자리에 텐트를 치고서 그들을 기다린다. 그 기약 없는 기다림의 시간을 그는 담담하게 견딘다. 엄살도 부리지 않고, 으스대지도 않으면서. 돌아갈 날이 며칠 남지 않았을 때 가문비나무가 듬성듬성 서 있는 눈 쌓인 벌판에 마침내 거대한 카리부떼가 나타났다. 그 장대한 자연의 풍경이 카메라에는 담기지 않음을 곧 깨달은 그는 카메라를 내던지고 툰드라 위에 드러눕는다. "언젠가는 거짓말 같은 전설이 될지도 모르는 이 광경을 내 기억 속에 남겨두고" 싶다면서. 찍는 행위가 넘쳐나는 시대지만 때로는 찍지 않는 것이 더 중요할 수 있음을 아는 사람이었다.

그의 시선은 고래와 카리부와 무스만이 아니라 수천 년간 그 땅에 살아온 원주민들에게도 가닿는다. 미국의 역사에서 늘 잊히고 소외된 존재였던 원주민의 삶을 그는 겸손하게 소개한다. 자신의 무지와 편견을 담담하게 고백하고, 깊은 애정과 존경심을 담아 그들의 지혜를 들려준다. 그를 통해 도쿄도 일본도 알지 못하지만 그들의 세상은 결코 작지 않은 아사바스칸 인디언을 만났고, 들소떼는 사라졌지만, 카리부를 살릴 기회는 아직 남아 있다고 믿는 구친 인디언을 알게 되었다. 그는 도쿄나 서울 같은 대도시에서 살아가는 우리가 결코 알지 못하는 또다른 세계를 다정하게 드러낸다. 그러나 모두가 도시를 떠나 자연으로 돌아가야 한다고 주장하지도 않는다. 단지 눈에 보이지 않는 다른 세계가 어딘가에 있고, 다른 속도로 흘러가는 시간이 있음을 상상할 줄 아는 힘이 필요하다고 나지막히 속삭일 뿐이다.

책을 읽어갈수록 그와 나의 맞닿은 지점이 하나씩 보였다. "편리를 받아들이는 것은 좋은 일이지만, 어디에선가 선을 그어야 하는" 일의 필요성. "생활에 필요한 모든 것을 다른 사람에게서 얻는 삶"에 대한 회의. 극한의 환경에서 자연에 대한 경외감을 잃지 않고 살아가는 사람들을 향한 이끌림. 하지만 그는 내가 다다르지 못한 지점까지 나아간 사람이었다. 북극의 매서운 자연에서도 버틸 수 있는 강인한 체력. 보고 싶은 이들을 만나기 위해서는 긴 고립을 자처할 줄 아는 용기. 마음을 준 대상에 집중할 줄 아는 끈기. 말하기보다 귀기울일 줄 아는 겸손. 자신이 사랑하는 것들에 대해 과장 없이 이야기를 건네는 담백한 태도. 자신과 어울리는 곳이 어디인지를 깨닫고 기꺼이 삶의 터전을 바꾸어버릴 수 있는 결단력까지. 그 책 때문에 나는 알래스카와 한 남자를 동시에 품게 되었다.

그의 글은 여행하면서 만난 가장 아름다웠던 순간들을 떠올리게 했다. 갈라파고스의 해변에서 바다사자들과 함께 누워 있던 오후, 탄자니아의 메루 산으로 향하던 길목에서 열세 마리의 기린에게 둘러싸였던 아침, 스리랑카의 바다에서 지구에서 가장 큰 생명체인 흰수염고래의 숨소리를 듣던 새벽. 눈앞에 선명하게 모습을 드러낸 그 존재들은 경이로웠다. 하지만 끝내 만나지 못한 존재들을 기다리던 시간 또한 애틋했다. 아마존의 핑크 고래, 문명을 거부하고 살아가는 정

글의 사람들, 히말라야의 눈표범 같은 존재를 그리던 시간은 그 자체로 이미 충만했다. 또하나의 시간이 흘러가는 다른 세계에 머물렀기 때문이다.

알래스카를 찾게 되는 날, 그가 보았던 것들을 나도 볼 수 있을까. 아마도 어려울 것이다. 알래스카의 야생동물은 그 수가 해가 갈수록 줄어드는 데다 개발이라는 이름의 폭력에 휩쓸리고 있다. 그렇다 해도 나는 알래스카로 떠날 것이다. 데날리 산이 바라보이는 들판에 텐트를 치고, 해가 지고 난 후 두어 시간 만에 다시 해가 떠오르는 백야를 마주할 것이다. 카리부를 만나기 위해 지평선 너머로 시선을 두고 기다릴 것이다. 춤추는 차가운 불길인 오로라를 보기 위해 고개를 한껏 치켜들고 서 있을 것이다. 다른 속도로 흘러가는 시간을 느끼고, 다른 크기의 공간에서 살아가는 생명을 상상할 것이다. 그 넓고 아득한 세계를 내 안에 새길 것이다. "장대한 알래스카의 자연은 결국 인간도 언젠가는 그 질서 속으로 돌아간다는 당연한 사실을 알게 해준다. 슬픔을 지워주지는 않지만, 그 사실을 알게 함으로써 어떤 힘을 선사해준다"고 그가 말했듯, 슬픔이 건네는 위로에 가만히 기댈 것이다.

아무리 전화번호부를 뒤져도 막막하기만 한 밤이면 책을 편다. 이 도시의 속도에 숨이 막힐 때도 책을 든다. 여기까지인 걸까, 벽에 부딪친 것 같은 날에도 책을 뒤적인다. 깊고 고요한 세계가 나를 기다리고 있다. 그 무엇도 방해할 수 없는 온전한 시간이 나를 맞아준다. 책이 없는 일상을 상상할 수 없듯 책이 없는 여행도 내게는 불가능하다. 배낭 속에 책을 넣고 길을 나서면 무한대로 펼쳐지는 자유의 시간이 조금도 두렵지 않았다. 책만 있다면 어떤 기다림도 지루하지 않았다. 인도의 기차역에서 오지 않는 기차를 스무 시간 동안 기다릴 때도, 버스를 타고 광대한 파타고니아를 서른 시간 넘게 가로지를 때도, 대륙과 대륙 사이를 날아 이동하는 비행기의 통로석에 앉아서도, 책이 있어서 견딜 수 있었다. 책과 여행은 닮았다. 가장 온건한 방식으로 지금까지의 세계를 허물고 새로운 세계를 꿈꾸게 한다는 점에서. 그 둘은 모두 안락한 일상을 흔든다. 당연하게 믿었던 것들을 의심하게 만들고, 한 번도 생각해보지 못한 것을 고민하게 만든다. 책과 여행이 몰고 오는 내 세계의 균열을 나는 기꺼이 받아들인다. 한 권의 책을 이정표 삼아 '불로 이글거리는 머리를 이고 세상 속으로 뛰어들' 것이다. 책과 여행이 지핀 불과 함께 타올라 그 불과 함께 몰락하는 일생을, 시인처럼 나도 꿈꿀 것이다. 생의 마지막 순간까지.

12

이별의 품격

○

이소라, 〈바람이 분다〉

바람이 분다 서러운 마음에 텅 빈 풍경이 불어온다
머리를 자르고 돌아오는 길에 내내 글썽이던 눈물을 쏟는다
하늘이 젖는다 어두운 거리에 찬 빗방울이 떨어진다
무리를 지으며 따라오는 비는 내게서 먼 것 같아 이미 그친 것 같아
세상은 어제와 같고 시간은 흐르고 있고 나만 혼자 이렇게 달라져 있다
바람에 흩어져버린 허무한 내 소원들은 애타게 사라져간다

바람이 분다 시린 한기 속에 지난 시간을 되돌린다
여름 끝에 선 너의 뒷모습이 차가웠던 것 같아 다 알 것 같아
내게는 소중했던 잠 못 이루던 날들이 너에겐 지금과 다르지 않았다
사랑은 비극이어라 그대는 내가 아니다 추억은 다르게 적힌다

나의 이별은 잘 가라는 인사도 없이 치러진다

세상은 어제와 같고 시간은 흐르고 있고 나만 혼자 이렇게 달라져 있다
내게는 천금 같았던 추억이 담겨져 있던 머리 위로 바람이 분다
눈물이 흐른다

잘 만들어진 노래는 그 자체로 시가 되기도 한다. 이소라의 〈바람이 분다〉는 그렇게 시가 된 노래다.

10년 전 아프리카를 여행하던 때였다. 맑은 날이면 킬리만자로의 이마가 눈에 들어오는 마을에서 머물고 있었다. 오겠다던 이를 기다리는 동안 여름이 지나가고 있었다. 서울과 탄자니아의 아루샤 간에 몇 번의 장거리 전화가 오가는 동안 그가 오지 않으리라는 예감이 들었다. 그만 여행을 접고 돌아가고 싶은 마음이 커져갔다. 비행기를 타고 바다를 가로질러 그의 집 문을 두드리게 될까 두려웠던 나는 애써 일정을 만들며 버티고 있었다. 길지 않던 연애의 끝이 현실로 다가오고 있었다. 시작할 때 서로의 온도가 달랐듯 끝난 후의 추억 또한 다르리라는 것을, 세상은 어제와 똑같이 흘러가겠지만 나는 더이상 어제의 내가 아닐 거라는 것을 예감하던 시간이었다.

성큼성큼 다가와 열렬히 달아오른 마음을 드러내고, 상대가 그 뜨거움에 데일까 두려워 머뭇거리다가 조금씩 따뜻해질 무렵이면 이미 식어버린 심장을 내려놓고 돌아서는 사람들이 있다. 찰나의 뜨거움보다는 오래도록 식지 않는 따뜻함에 위로받고 싶은 이에게 독이 되는 사랑을 하는 사람들. 그 심장의 온도차는 사랑의 시차를 만들어내고 끝내 이별의 이유가 되기도 한다. 이소라의 6집 음반 《눈썹달》에 실린 〈바람이 분다〉는 그렇게 한쪽은 이미 끝이 났는데 다른 쪽은 아직 끝내지 못해 무너지는 마음을 노래한다. 이 노래에는 아픔이나 외로움, 슬픔 같은 단어는 나오지 않는다. 그저 '내내 글썽이던 눈물'을 쏟고, '눈물이 흐른다'라고 중얼거릴 뿐이다. 그런데도 슬픔을 억누르고 외로움을 견디는 아픈 마음이 고스란히 전해진다.

사랑의 비극은 사랑하는 이들 사이에 평등한 관계가 없다는 데에서 시작된다. 더 많이 사랑하는 이가 있고 덜 사랑하는 이가 있다. 그 기울어진 마음의 추로 인해 더 많이 양보하고, 더 많이 미안해하는 누군가가 생겨난다. 약자일 수밖에 없는, 더 많이 사랑하는 이는 헤어진 후에도 더 오래 아파한다. 추억의 무게조차 불평등하다. 한쪽에게는 절절했던 날들의 기억이 다른 이에게는 오늘과 다를 것 없는 평범한 날들이었으니. 이별에도 예의가 필요하건만 잘 가라는, 잘 있으라는 인사조차 없이 치러지는 이별의 시간을 혼자서 감당해야 한다. 사람이 만나 사랑하고 헤어지는 일은 이렇게 부당하다. 그 허망하고 너절한 현실을 이소라는 눈물을 쏟으면서도 담담하게 인정한다. 세상은 여전히 어제와 같은 속도로, 같은 모습으로 흘러가는데 나만 달라져 있다고.

사랑이 남긴 상흔에 관해서라면 이소라보다 더 솔직하게 노래하는 사람을 알지 못한다. 이보다 더 절절하게 노래하는 사람은 있을지 몰라도 이렇게나 용감한 마음은 드물다. 사랑이 추억조차 다르게 적히는 비극임을 알면서도 그녀는 '그리 쉽게 잊지 않을 겁니다'라며 보상받지 못할 마음을 끌어안고 견딘다. '동굴 같은 방에 혼자 남아 아직도 너를 그리워하며 반기지 않는 전화를 한다'고 쓸쓸히 고백하면서. 이소라의 노래가 특별해지는 것은 바로 이 지점이 아닐까. 그녀는 끝나버린 사랑을 부정하지 않는다. 상대의 식어버린 마음과 상관없이 그 사랑이 자신에게 어떤 의미였는지를 인정하고, 사랑이 끝난 자리를 끝까지 응시한다. 그 당당함이야말로 이별의 품격이다. 당신과 함께한 지난 시간을 부정하지 않겠다는 그 마음이 있는 한 그녀는 다

시 누군가를 사랑할 테고, 우리는 그 사랑의 결실을 노래로 만나 위로 받을 수 있을 것이다.

노래의 곡조보다 가사에 먼저 귀기울이는 이라면 이소라의 노래를 사랑할 수밖에 없다. 그녀는 평범한 일상의 단어로 세심한 감정의 흐름을 아릿하게 드러낸다. 자신의 상처를 짓이겨 흘러나온 피로 쓴 것만 같다. 가사도 절절하지만 운율도 빼어나 듣는 맛이 더해진다. 이소라의 낮고 허스키한 목소리가 화제가 되었던 1집 음반부터 8집에 이르기까지 여행할 때면 늘 그녀의 음악과 함께했었다. 이집트의 사막을 돌아다닐 때는 〈처음 느낌 그대로〉의 첫 구절을 들으며 두고 온 연인이 그 자리에 남아주기를 바랐다. 인도를 여행하던 해에는 무더위와 더러움에 시달리며 〈부랑자〉를 흥얼거렸다. 〈나를 사랑하지 않는 그대에게〉를 반복해서 들으며 식은 마음을 원망하던 가을을 보내기도 했다. 세상이 나를 화나게 하고 고독하게 하고 강하게 하며 불행하게 한다며 내 마음을 그대로 옮겨놓은 것 같은 〈Track 9〉에 기대던 겨울도 있었다. 아프리카로 떠났던 2005년 여름에는 《눈썹달》이 '그해의 음반'이었다. 탄자니아의 작은 마을에 머물던 한 달 남짓한 시간 동안 나는 〈바람이 분다〉와 함께였다. 노래를 들을 때면 늘 눈물이 배어나왔다. 어쩌면 울기 위해 이 노래를 들었는지도 모른다. 이 노래에 더이상 울지 않게 되자 여름이 끝났고, 그제야 나는 그와 이별할 수 있었다. 잘 가라는 인사도 없이.

겨울이 오면 나는 다시 배낭을 메고 지구의 낯선 공간을 기웃거릴 것이다. 이소라는 그녀의 7집 음반에 수록된 〈Track 11〉에서 수많은 별 중에 자신의 노래를 놓을 곳을 찾아 헤맸다고 노래했다. 이 겨울이 행성의 어딘가에 내려놓을 노래는 누구의 어떤 곡이 될까. 음악과 장소가 만들어낼 그 아름다운 조화가 나는 벌써부터 궁금하다.

13

바람 센
산간 마을에서

○

백석, 「남신의주 유동 박시봉방」

어느 사이에 나는 아내도 없고, 또,
아내와 같이 살던 집도 없어지고,
그리고 살뜰한 부모며 동생들과도 멀리 떨어져서,
그 어느 바람 세인 쓸쓸한 거리 끝에 헤매이었다.
바로 날도 저물어서,
바람은 더욱 세게 불고, 추위는 점점 더해오는데,
나는 어느 목수네 집 헌 삿을 깐,
한 방에 들어서 쥔을 붙이었다.
이리하여 나는 이 습내나는 춥고, 누긋한 방에서,
낮이나 밤이나 나는 나 혼자도 너무 많은 것같이 생각하며,
딜옹배기에 북덕불이라도 담겨오면,
이것을 안고 손을 쬐며 재 우에 뜻없이 글자를 쓰기도 하며,
또 문밖에 나가지도 않구 자리에 누워서,
머리에 손깍지벼개를 하고 굴기도 하면서,
나는 내 슬픔이며 어리석음이며를 소처럼 연하여 쌔김질하는 것이었다.
내 가슴이 꽉 메어올 적이며,
내 눈에 뜨거운 것이 핑 괴일 적이며,
또 내 스스로 화끈 낯이 붉도록 부끄러울 적이며,
나는 내 슬픔과 어리석음에 눌리어 죽을 수밖에 없는 것을 느끼는 것이었다.
그러나 잠시 뒤에 나는 고개를 들어,

허연 문창을 바라보든가 또 눈을 떠서 높은 천정을 쳐다보는 것인데,
이때 나는 내 뜻이며 힘으로, 나를 이끌어가는 것이 힘든 일인 것을 생각하고,
이것들보다 더 크고, 높은 것이 있어서, 나를 마음대로 굴려가는 것을 생각하는 것인데,
이렇게 하여 여러 날이 지나는 동안에,
내 어지러운 마음에는 슬픔이며, 한탄이며, 가라앉을 것은 차츰 앙금이 되어 가라앉고,
외로운 생각만이 드는 때쯤 해서는,
더러 나줏손에 쌀랑쌀랑 싸락눈이 와서 문창을 치기도 하는 때도 있는데,
나는 이런 저녁에는 화로를 더욱 다가 끼며, 무릎을 꿇어보며,
어니 먼 산 뒷옆에 바우섶에 따로 외로이 서서,
어두어오는데 하이야니 눈을 맞을, 그 마른 잎새에는,
쌀랑쌀랑 소리도 나며 눈을 맞을,
그 드물다는 굳고 정한 갈매나무라는 나무를 생각하는 것이었다.

심샬은 이 세상이 아닌 듯 외따로 떨어진 마을이었다. 내가 심샬에 대해 들은 건 파키스탄의 산간 마을 파수에서였다. 파수도 이미 산이 깊을 대로 깊은 곳이었다. 그런 파수에서 세 시간 남짓 비포장길을 달리면 심샬이라는 마을이 나오는데, 전기도 들어오지 않고 수도도 없는 곳이라고 했다. 그나마 도로도 1년 전에야 생겼다고 했다. 도로가

완공되기 전까지 동네 사람들은 옆 마을 파수까지 산 넘고 계곡 건너 3박 4일을 걸어다녔다고 했다. 가지고 다니던 여행책자에는 심샬에 대해 딱 한 줄, "파키스탄의 오지 중의 오지"라고만 적혀 있었다. 정기적으로 마을을 오가는 교통편도 없었다.

가보지 않은 곳, 내가 모르는 삶에 대한 본능적인 매혹을 뿌리치기가 힘들었다. 때마침 볼일을 보러 파수에 나온 심샬 마을 사람의 지프차를 얻어 탔다. 어디에서 머물지, 밥은 어떻게 먹을지는 생각도 하지 않고, 그저 어떻게든 되겠지 하는 마음뿐이었다. 차는 가파른 협곡 사이를 가로질렀다. 심샬 강을 따라 달리는 57킬로미터의 길이었다. 사막처럼 황량한 들판과 수만 년의 세월을 견뎌온 빙하, 만년설을 인 설산과 아찔한 협곡. 마음을 뒤흔드는 거친 아름다움이 내내 이어졌다.

해가 저물고 나서야 차는 마을에 들어섰다. 같이 차를 타고 온 청년 알리가 나를 제 집으로 데려갔다. 이제 두 돌을 넘긴 딸과 아내, 늙은 어머니와 네 명의 동생들, 이렇게 삼대가 살아가는 집이었다. 4남 4녀의 장남인 알리는 도시에서 공부하다가 열여덟 살 때 아버지가 돌아가시자 학업을 중단하고 집으로 돌아왔다. 감자 농사를 짓고 트레킹 가이드로 일하면서 대가족의 생계를 혼자서 책임지고 있었다. 알리가 살아온 스물여덟 해의 이야기를 듣는 동안, 부엌에서는 아내와 어머니가 저녁식사를 준비하고 있었다. 화덕에 구운 따끈한 차파티와 커리가 들어간 야채볶음이 입에 맞았다.

저녁을 먹고 나와 하늘을 올려다보니 별이 가득했다. 불빛이라고는 없는 3500미터 고도에서 바라보는 밤하늘은 눈부셨다. 너무 환해서 믿기지 않을 만큼. 볼이 떨어져나갈 것 같은 추위를 참아가며 한참을 서 있었다. 알리를 비롯한 식구들은 모두 부엌에서 잠들고, 나는 알리의 방에서 다섯 장의 담요를 덮고 누웠다. 집안의 담요가 다 내게 온 것 같아 식구들은 무얼 덮고 잘까 걱정되기도 했다. 담요의 무게에 눌려 뒤척이면서도 마음은 자꾸 창밖의 검은 하늘을 수놓고 있을 별무리에 가닿았다.

다음날 새벽, 알리가 방문을 두드렸다. 전기가 들어오지 않는 이 마을 사람들은 자연의 빛에 일상을 의지하고 있었다. 해가 뜨면 하루를 시작하고, 해가 지고 어둠이 내리면 하루를 마감하는 삶이었다. 딱딱한 빵과 홍차 한잔으로 간소하게 아침을 먹고, 알리와 동네 산책에 나섰다. 날은 화창하게 개어 설산의 흰 이마가 반짝이고 있었다. 우리의 산책은 채 5분을 넘기지 못하고 중단되곤 했다. 알리가 동네 사람들과 인사하고, 나를 소개하고, 차를 마시고 가라는 요청을 점잖게 거절하느라. 남자들은 서로 손등에 입맞추며 인사를 나누었다. 마을 사람들은 내가 봄을 불러왔다고, 올해는 마을에 손님들이 많이 오고 좋은 일이 생길 거라며 기뻐했다. 내가 올 들어 이 마을의 첫 손님이라고 했다. 알리는 마을 곳곳을 보여주고 싶어했다. 마을에 하나뿐인 학교에도 찾아가 선생님들과 인사를 나누고 아이들이 공부하는 모습을 들여다보기도 했다. 교실에는 갓난쟁이 동생을 안고서 공부하는 소녀도 있었다.

산책을 마치고 돌아오니 외국인이 찾아왔다고 알리의 친척들이 모여들었다. 모두 여자들이었다. 새까맣게 탄 얼굴에 입성도 남루했지만 다들 표정이 밝았다. 우리는 찻잔을 놓고 부엌에 모여 앉았다. 알리의 누나가 서툰 영어로 말했다. "나는 평생을 이 동네에서 보냈는데, 온 세상을 돌아다니다니…… 네가 너무 부러워." 마흔은 훌쩍 넘긴 듯한 그녀는 이제 겨우 서른에 네 아이의 엄마였다. 그녀가 접한 다른 세상이라고는 딱 한 번 다녀온 인근 도시뿐이었다. 그 자리에 있던 모두가 파수 외에 다른 마을에는 가본 적이 없다고 했다. 이곳의 여자들은 대부분 친인척 간인 이 마을 남자와 결혼해 평생을 이 마을에서 보냈다. 물을 길어오기 위해, 땔감을 마련하기 위해, 양과 소에게서 우유와 치즈를 얻기 위해 하루 종일 쉴 틈도 없이 일하는 일상이었다. 아내와, 어머니와, 며느리라는 이름으로 살아가는 그녀들의 길과 나만 중심에 놓고 살아가는 내 길은 얼마나 멀리 떨어져 있는지. 그렇게 평행선에 선 사람들이 한자리에 모여 앉아 서로가 가진 것을 부러워했다. 그녀들은 내게 부는 자유의 바람을, 나는 그녀들이 일군 가족이라는 성채를.

오후가 되어 여자들이 돌아가자 알리가 내 발의 물집을 짜자고 했다. 그 무렵 내 발은 엉망이었다. 아물기도 전에 새로 생겨나는 물집과 곪은 물집으로 인해 걸을 때마다 얼굴이 찡그려졌다. 절뚝거리며 걷는 나를 보다못한 알리는 어머니께 따뜻한 물을 부탁했다. 물을 끓이기 위해서는 가시덤불 장작을 때야 했다. 고도가 높아 나무가 자라지 않는 탓에 이곳에서는 가시덤불을 심고 가꾸었다. 동네를 걷다보면 가시나무가 과실수처럼 열을 맞춰 자라는 모습을 볼 수 있었다. 소금을 푼 따뜻한 물을 들고 알리의 어머니가 다가왔다. 손사래치는 나를 만류하고, 어머니는 말없이 내 발을 대야에 담갔다. 그리고 발가락 사이사이를 닦고, 상처를 어루만지며 정성껏 소독해주셨다. 앙상한 삭정이처럼 마르고 주름진 손가락이 내 발가락 사이를 꼼꼼하게 더듬었다. 세상 모든 어머니의 가슴에는 얼마나 깊고 넓은 강이 흐르기에, 제 몸을 열어 낳은 자식이 아니라 해도 이렇게 품어주는 걸까. 가슴이 먹먹해져서 아무런 말도 못하고 그저 늙은 어머니의 손만 바라보았다. 그사이 알리의 여동생이 내 양말을 빨아 나뭇가지에 널었다.

우유를 넣고 끓인 홍차로 몸을 덥히고 방으로 돌아오는 길. 밤하늘엔 오늘도 별이 총총했다. 나는 어쩌다 이곳까지 흘러와 저 먼 과거의 불빛을 바라보고 있는 걸까. 내 운명을 내 의지대로 끌고 왔다고 믿었는데 정말 그랬던 것일까.

그런 생각을 하다보니 백석의 「남신의주 유동 박시봉방」이 떠올랐다. 북녘 땅 신의주 박시봉씨 집에 방 한 칸을 얻어 몸을 누인 그의 신세와 파키스탄 최북단 산간 마을 심샬의 알리 집에 깃든 내 신세가 겹쳐졌다. 시인처럼 나도 어느 사이엔가 남편도 없이, 함께 살던 집도 없어진 채로, 가족과도 멀리 떨어져 바람 센 산간 마을을 헤매고 있는 터였다. 이런 밤이면 나 또한 내가 알 수 없는 더 크고 높은 존재가 나를 이리로 데려온 것은 아닌지, 어디까지 가고 난 후에야 떠나온 자리로 되돌아가게 되는 것인지 의문이 들고는 했다. 회사를 그만두고 세계일주를 시작한 지 3년 차에 접어들던 때였다. 내가 포기한 일상의 풍경이 가끔씩 나를 뒤흔들던 무렵이었다. 두고 온 어머니와 내가

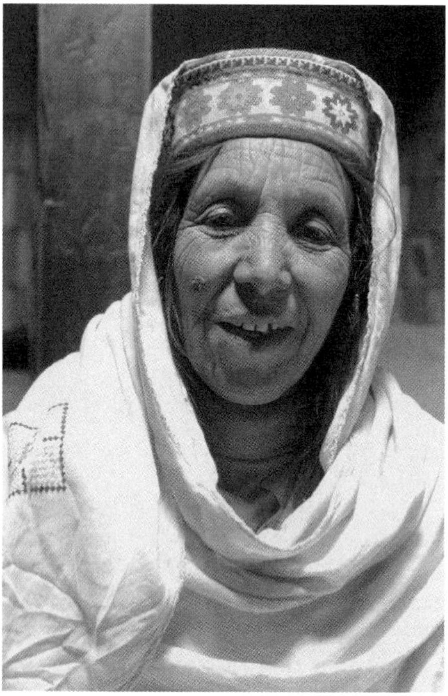

박차고 나온 가정이 떠올랐다. 더 넓은 세상을 보겠다고, 끝까지 나 자신으로만 남고 싶다고 여러 사람을 마음 아프게 하며 떠나온 길이었다.

세상 이곳저곳을 자유롭게 돌아다니는 대가로 나는 남은 생을 혼자 보낼 가능성이 컸다. 한 존재의 우주인 어머니가 되어보지 못한다는 결핍을 끌어안고 평생을 살아갈 가능성은 더 컸다. 햇살이 환한 낮에는 아무렇지 않게 지내다가도 모두가 집으로 돌아가는 시간이 되면 마음 흔들리는 삶이 앞으로도 이어질 터였다. 가지 않은 길에 대한 미련으로 쓸쓸해지는 밤이 찾아올 때마다 그저 묵묵히 견디는 것 외에는 다른 수가 없을 것이다. 비명 지르지 않고, 엄살떨지도 않고 담담하게, 눈비와 바람을 고스란히 맞으며 흔들리다가 가지 몇 개쯤은 내어주기도 하지만 그래도 끝끝내 서 있는 나무처럼 그렇게 지내자 생각했다.

외롭고 높고 쓸쓸했던 시인 백석이 마지막으로 남긴 시 「남신의주 유동 박시봉방」을 읽던 그 밤. 먼산 바위 옆에 서서 밤눈을 맞을 갈매나무는 없었지만, 눈이 많고 산이 깊은 그곳에서 나도 갈매나무처럼 굳고 정한 모습으로 살아가자고 스스로를 다독였다. 별들이 꼬리를 끌며 지상으로 떨어져내리는 밤이었다.

14

세상에 대한 아름다운 항의

○

안도현, 「바닷가 우체국」

바다가 보이는 언덕 위에
우체국이 있다
나는 며칠 동안 그 마을에 머물면서
옛사랑이 살던 집을 두근거리며 쳐다보듯이
오래오래 우체국을 바라보았다
키 작은 측백나무 울타리에 둘러싸인 우체국은
문 앞에 붉은 우체통을 세워두고
하루 내내 흐린 눈을 비비거나 귓밥을 파기 일쑤였다
우체국이 한 마리 늙고 게으른 짐승처럼 보였으나
나는 곧 그 게으름을 이해할 수 있었다
내가 이곳에 오기 아주 오래전부터
우체국은 아마
두 눈이 짓무르도록 수평선을 바라보았을 것이고
그리하여 귓속에 파도 소리가 모래처럼 쌓였을 것이었다
나는 세월에 대하여 말하지만 결코
세월을 큰 소리로 탓하지는 않으리라
한번은 엽서를 부치러 우체국에 갔다가
줄지어 소풍 가는 유치원 아이들을 만난 적이 있다
내 어린 시절에 그랬던 것처럼
우체통이 빨갛게 달아오른 능금 같다고 생각하거나
편지를 받아먹는 도깨비라고
생각하는 소년이 있을지도 모르는 일이었다

그러다가 소년의 코밑에 수염이 거뭇거뭇 돋을 때쯤이면
우체통에 대한 상상력은 끝나리라
부치지 못한 편지를
가슴속 주머니에 넣어두는 날도 있을 것이며
오지 않는 편지를 혼자 기다리는 날이 많아질 뿐
사랑은 열망의 반대쪽에 있는 그림자 같은 것
그런 생각을 하다보면
삶이 때로 까닭도 없이 서러워진다
우체국에서 편지 한 장 써보지 않고
인생을 다 안다고 말하는 사람들을 또 길에서 만난다면
나는 편지봉투의 귀퉁이처럼 슬퍼질 것이다
바다가 문 닫을 시간이 되어 쓸쓸해지는 저물녘
퇴근을 서두르는 늙은 우체국장이 못마땅해할지라도
나는 바닷가 우체국에서
만년필로 잉크 냄새 나는 편지를 쓰고 싶어진다
내가 나에게 보내는 긴 편지를 쓰는
소년이 되고 싶어진다
나는 이 세상에 살아남기 위해 사랑을 한 게 아니었다고
나는 사랑을 하기 위해 살았다고
그리하여 한 모금의 따뜻한 국물 같은 시를 그리워하였고
한 여자보다 한 여자와의 연애를 그리워하였고
그리고 맑고 차가운 술을 그리워하였다고

밤의 염전에서 소금 같은 별들이 쏟아지면
바닷가 우체국이 보이는 여관방 창문에서 나는
느리게 느리게 굴러가다가 머물러야 할 곳이 어디인가를 아는
우체부의 자전거를 생각하고
이 세상의 모든 길이
우체국을 향해 모였다가
다시 갈래갈래 흩어져 산골짜기로도 가는 것을 생각하고
길은 해변의 벼랑 끝에서 끊기는 게 아니라
훌쩍 먼바다를 건너기도 한다는 것을 생각한다
그리고 때로 외로울 때는
파도 소리를 우표 속에 그려넣거나
수평선을 잡아당겼다가 놓았다가 하면서
나도 바닷가 우체국처럼 천천히 늙어갔으면 좋겠다고 생각한다

한 시절 우리는 우체국에 기대어 살았다. 한 사람을 마음에 품는 날부터 우리에게는 편지를 썼다 지우고 다시 쓰는 불면의 밤이 찾아왔다. 새벽이면 우체통 앞에 서서 지난밤에 쓴 편지를 넣을까 말까 망설이곤 했다. 대문 앞 발소리에 달려나가 갓 도착한 우편물을 뒤지느라 손끝이 가늘게 떨리는 날들을 지나왔다. 편지는 뜨거운 마음을 전하는 도구였던 동시에, 더이상 오지 않는 답장으로 어느새 식어버린 열정마저 알려주었다. 아주 오랜 세월 동안 편지는 인간과 인간의 마음을 이어주는 유일한 끈이었다.

내가 기억하는 최초의 편지 발신인은 엄마였다. 사춘기 무렵이었다. 그 또래의 아이들이 다 그렇듯 나도 쓸데없이 예민해 사소한 일에도 짜증을 내며 엄마와 부딪쳤다. 내 반항의 최대치는 도시락을 팽개친 채 학교에 가는 거였다. 1교시가 끝나면 복도에 서 있던 엄마가 도시락을 전해주고 갔다. 점심을 먹기 위해 도시락을 열면 거기에 쪽지 한 장이 놓여 있었다. 지난밤 혹은 아침에 언성을 높이며 다툰 일에 대해 엄마는 이해를 구하기도 했고, 미안하다고 사과하기도 했다. 밥을 먹기도 전에 눈물이 뚝뚝 흘러 목이 메었다. 어린 자식에게도 미안하다고 할 줄 아는 어른이 나의 엄마라는 사실이 고맙고 뿌듯했다. 엄마의 도시락 편지는 사춘기라는 질풍노도의 시기에 나를 달래주던 끈이었다.

세월이 흘러 내게도 꽃처럼 피어나는 청춘의 시기가 찾아왔다. 인생의 화양연화인 줄도 모르고 맞이하게 되는 날들이었다. 과 선배로 알게 돼 사귀었던 남자가 군대에 갔을 때 하루도 빠지지 않고 편지를 썼다. 입대 날부터 제대 날까지, 30개월에 걸쳐 구백 통 넘게 편지를 썼다. 내 인생을 통틀어 한 사람에게 가장 많은 편지를 썼던 시절이었다. 내 안에 그런 끈기가 있는 줄은 나도 몰랐다. 그가 군대에서 눈을 치우고 낙엽을 쓸며 연병장을 달리며 국방부의 시계를 원망하는 동안 나는 대학을 졸업하고 직장인이 되었다. 군대와 사회 사이의 간격이 아득해 무슨 말을 써야 할지 알 수 없을 때도 있었다. 그런데도 매일 편지를 썼다. 일도 못하면서 성격도 나쁜 상사에 대해, 잠자느라 소진해버린 휴일에 대해, 여름휴가를 맞으면 혼자 떠날 여행에 대해 시시콜콜한 이야기들을 늘어놓았다. 그렇게라도 쓰지 않으면 그와 나 사이에 더이상 어떤 연결고리도 남지 않을 것 같았다. 쓰는 일은 잘했으나 답장을 받는 일에는 서툴렀다. 구백 통이나 편지를 보냈으나 답장은 고작 열한 통이 전부였으니.

다시 몇 년의 시간이 흘러 새로운 사랑을 만났다. 그와 떨어져 지내야 하는 몇 달이 찾아왔고, 이번에는 군대보다 더 높은 에베레스트 장벽이 가로막고 있었다. 그동안 갈고닦은 '위문편지' 능력을 발휘할 때인데 편지를 보낼 수 없다니. 시련이 커질수록 사랑은 타오르는 법. 정공법이 안 통한다면 편법을 쓰기로 했다. 나는 두 권의 노트를 구입해 한쪽에는 한 편의 시를, 다른 쪽에는 편지를 적기 시작했다. 예순 편의 시를 골라 매일 한 장의 편지와 함께 적어 두 달 만에 완성한 그 노트를 그에게 선물했다. 설산에서 하루에 한 장씩 읽으라는 당부의 말과 함께. 눈산 아래에서 캠프를 하나씩 지으며 고도를 높여가는 동안, 그는 밤마다 한 장의 편지와 한 편의 시를 읽었다고 했다. 이번에도 답장은 오지 않았다. 지상에서 가장 높은 산자락 아래였기 때문이라고, 그렇게 자위했다.

답장을 받든 받지 못하든 나는 편지로 마음을 전하는 일을 좋아했다. 편지와 우체통을 향한 애착을 더 강렬하게 만든 건 한 편의 영화였다. 편지를 매개로 시인 네루다와 그의 전속 우편배달부 마리오 사이의 우정을 그린 〈일 포스티노〉. 학식도, 교양도 없는 시골 청년 마리오는 시인과의 교류를 통해 진짜 시인이 되어간다. 마을의 소녀 베아트리체를 사랑하게 된 마리오는 네루다의 시를 멋대로 도용해 그녀에게 고백한다. 그 사실을 알게 된 네루다가 그를 꾸짖자 마리오는 항변한다. "시는 그 시를 쓴 사람의 것이 아니라 읽는 사람의 것이라고요." 얼마나 순수하고도 당당한 청년인가. 마을을 떠난 네루다를 위해 그가 이슬라네그라의 파도 소리와 종소리, 바람 소리를 녹음하는 장면은 몇 번을 다시 봐도 늘 눈물이 났다. 그 영화 덕분에 원작 소설인 안토니오 스카르메타의 『네루다의 우편배달부』를 찾아 읽기도 했고, 칠레를 여행하며 이슬라네그라에 위치한 네루다의 집을 찾아가기도 했다.

서른셋 이후 나는 여행자로 살아왔다. 편지나 엽서를 보내기에 여행자만큼 어울리는 직업이 있을까. 우체국을 통해 전해지는 편지들 사이의 간격, 그 기다림이 나는 좋았다. 밥의 뜸을 들이듯, 과일이 익어가듯, 술이 발효되듯 마음을 전하는 일에도 시간이 필요할 것 같았다. 기다림의 시간이 길면 길수록 그 마음이 오롯이 전해질 것만 같았다. 손으로 쓴 편지를 우체국에서 보내는 일은 이 세상이 흘러가는 속도에 대한 저항 같았다. 효율성과 편리함의 이름으로 더이상 편지를 쓰지 않고, 전화도 걸지 않고, 문자로 모든 것을 전하는 세상에 대한 아름다운 항의 같았다.

그렇게 어디를 가나 그 도시의 풍경이 담긴 엽서를 사서 몇 마디를 적어 우체국을 찾아갔다. 신기하게도 쿠바의 우체통은 푸른색이었다. 작은 도시 카마궤이의 우체국은 푸른색으로 선을 두르고 체 게바라의 얼굴 부조를 걸어놓았다. 우체국 건너편 쪽에 방을 얻었던 터라 창가에 서서 그곳을 드나드는 사람들을 관찰하곤 했다. 그 도시의 사람들은 자전거를 타고 와서 편지를 부치거나 우편물을 찾은 후 다시 자전거를 타고 떠났다. 우체국에 드나드는 사람들을 볼 때면 나도 편지가 쓰고 싶어졌다. 「바닷가 우체국」에 나오는 것처럼 바닷가의 게으른 우체국은 아니었지만, 들어가보고파지는 푸른 우체국이었다. 저물녘, '퇴근을 서두르는 늙은 우체국장이 못마땅해할지라도' 우체국에서 선 채로 엽서를 쓰기도 했다. 이 작은 도시의 우체국장의 일상은 얼마나 평화로울까 생각하기도 하면서. 늙은 우체부의 자전거가 굴러갈 길을 생각하고, 우표 한 장에 기대어 산을 넘고 바다를 건너고 사막을 가로질러 어디든 전해지는 편지의 길을 생각하기도 했다.

산티아고를 걸으면서도, 1200킬로미터에 이르는 시코쿠의 불교순례길을 걸을 때도, 탄자니아의 킬리만자로를 오를 때에도, 네팔의 안나푸르나 산군을 돌 때도 늘 누군가에게 편지를 썼다. 찻집에서 차 한 잔을 시켜놓고 편지를 쓰거나, 하루 일과를 마친 후 잠들기 전 숙소에서 편지를 썼다. 내가 어디에 있는지를 알리고, 당신의 하루는 어땠는지를 묻는 짧은 편지들. 조카들이 태어나고서는 글을 읽지 못하는 어린 조카들에게도 엽서를 썼다. 그 아이들에게 그들이 살아갈 지구가 얼마나 경이로운 행성인지를 전하려 애썼다. 아침에 눈을 뜨면 기린이 옆에서 풀을 뜯고 있던 세렝게티의 초원에서도, 지상에서 가장 큰 생명체인 흰수염고래를 만나던 스리랑카의 바다에서도, 아이들이 뛰노는 미끄럼틀 아래에서 바다사자들이 낮잠을 자던 갈라파고스의 해

Iceland

변에서도.

마침 갈라파고스의 플로리아나 섬에는 세상에 하나뿐인 우체국이 있었다. 바닷가 모래사장에 서 있는 엉성한 나무 우체통이 전부인 무인 우체국. '우체국 만Post Office Bay'이라는 이름이 말하듯 200년이 넘는 역사를 지닌 우체국이었다. 갈라파고스를 지나는 배들이 바다거북의 고기와 알을 구하기 위해 정박하던 해변에 나무 우체통을 세운 건 영국인 선원 제임스였다. 우체통에 자신의 고국으로 가는 편지가 있다면 그 선원이 고국에 돌아가 전해주던 '손배달'의 전통을 지금도 여행자들이 이어가고 있었다. 국적과 나이, 성별과 직업도 다른 이들이 나무 우체통을 둘러싸고서는 저마다 엽서 한 장을 썼다. 한국으로, 독일로, 미국으로, 프랑스로, 아르헨티나로 가는 엽서들이 우체통으로 들어갔다. 나는 서울의 조카에게, 내 친구는 고향집의 할머니에게 엽서를 썼다. 그리고 우체통 안에 든 편지를 뒤적여 남도의 한 도시로 가는 엽서를 찾았다. 긴 여행을 마무리하는 청년이 자기 자신에게 보내는 엽서였다. 그 순간, 「바닷가 우체국」이 떠올랐다. 무인도의 모래사장에 앉아 자신에게 보내는 엽서를 쓰고 있었을 소년의 얼굴을 상상했다. 그 편지를 가져와 서울에서 부쳤다. 우리가 남겨둔 엽서들도 몇 달 후, 조카와 할머니의 손에 가닿았다.

이메일이 생겨난 후, 손으로 쓴 편지를 보내는 일은 점점 줄었다. 그사이 우편배달부의 자전거는 오토바이로 변했고, 우편함에 든 우편물은 대부분 고지서와 서류가 되었다. 이제는 거리에서 빨간 우체통을 만나기도 어려워졌다. 갈라파고스의 무인 우체국은 언제까지 그 전통을 이어갈 수 있을까. 우체통의 운명을 생각하는 가을밤. 편지를 써야겠다. '누구라도 그대가 되어 받아'줄 것이기에.

15

나의 엄마

○

이영숙, 「어머니」

남성동 오십칠 번지 토담 넘어
청산 갔던 나비 날아들고
울안의 늙은 뽕나무들
푸른 옷을 꺼내 입으면
연례행사 누에치기가 시작된다
봄비 오듯 사각사각
뽕잎 갉아먹는 소리 무성해지면
누에는 한 잠 자고 두 잠 자고
불어난 잠박에 울안의 뽕잎으로는
일용할 양식이 모자라
어머니는 멀리 뽕 따러 가신다
젖먹이 동생을 어린 내게 맡기고
집을 떠난 어머니는
정분 나눌 님이 따로 있을 리도 없는데
밤이 이슥해서야
가난만큼 무거운 뽕 부대를 이고
불은 가슴 비비며
헐거워진 치마 말기 추스르며
바위 모퉁이를 돌아
지친 모습으로 대문을 들어서신다
누에와 더불어 살아오신 한 세월
강물 따라 흘러가고

성긴 머리카락 올올이
명주실 되어 눈부시네
오디처럼 진한 속사정 울음 울던
인고의 흔적 굽이굽이 주름지니
이제사 내 깊은 이랑에서
아픔으로 물결친다

인류가 이루어놓은 세계가 무너진 후에도 마지막 희망으로 남을 이름, 어머니. 한 시절 누구에게나 어머니는 존재의 모든 것, 가장 큰 우주였다. 누군가는 엄마가 되는 일을 두고 "내 몸밖에 또다른 나의 심장을 갖는 것"이라고 말했다. 가장 높은 산을 오르고, 가장 깊은 바다를 건너고, 가장 긴 사막을 가로질러 그 경험을 모두 더한대도 제 몸을 갈라 아이를 낳고 키운 경험 하나에 미칠 수 있을까. 제 속을 까맣게 태워가며 아이를 키우는 어머니는 아이와 더불어 성장하며 스스로의 세계를 끝없이 넓혀간다. 그러니 어머니는 집밖을 나서지 않고도 자기 안에 가장 큰 세상을 만드는 존재가 아닐까. 한 존재의 우주가 되어보지 못했다는 것, 아마도 이번 생의 내 가장 큰 결핍일 것이다.

아이를 낳고 키웠다는 이유만으로도 어머니라는 존재는 존경받을 만하지만, 모든 어머니가 한 인간으로서 자식에게 신뢰와 존경을 받을 수 있는 건 아니다. 그런 면에서 나는 운이 좋았다. 나이가 들어갈

수록 엄마를 닮고 싶다는 바람을 품게 되니. 평생을 세 아이의 엄마이자 한 남자의 아내로 살아온 나의 엄마는 평범한 동시에 비범했다. 빠듯한 살림을 꾸리면서도 늘 책을 읽고, 시를 쓰고, 서예를 익히던 엄마는 인생에 낭비할 시간이 없다고 이야기하곤 하셨다. 함부로 남의 말을 하지 않고, 남이 가진 것을 시기하지도 않는 엄마는 내 눈에 진짜 교양을 갖춘 어른으로 보였다. 자신의 실수를 인정하고 자식에게도 사과할 줄 아는 어른이 엄마였다. 무엇보다 엄마는 부모라는 이름으로 자식들에게 무언가를 강요하지 않으셨다. 엄마는 늘 자식들의 선택을 존중해주고, 믿어주셨다. 영국으로 유학을 가겠다고 했을 때도, 나 자신으로 살고 싶다는 이유만으로 가정을 박차고 나왔을 때도, 다니던 회사를 그만두고 세계일주를 떠나겠다고 했을 때도 엄마는 내가 선택한 길을 인정했다. 그 묵묵한 격려가 있었기에 나는 내 인생의 주인으로 살아올 수 있었다.

그런 엄마가 초등학교까지만 다녔다는 것을 우리 삼 남매는 10여 년 전에야 알았다. 식민지 시대, 가난한 집안의 아홉 남매 중 셋째 딸로 태어나 집안일을 도우며 소녀 시절을 보내야 했던 엄마. 나는 엄마의 배우지 못한 한이 어느 정도인지 미처 헤아리지 못했다. 엄마가 일흔의 나이에 검정고시 학원에 다니자 그제야 겨우 감이 왔다. 구멍가게를 꾸리는 틈틈이 엄마는 중학교, 고등학교 과정을 마쳤다. 그리고 일흔다섯이 된 해, 대학에 입학했다. 배움을 향한 엄마의 욕심은 끝이 없어 엄마는 학점에, 시험에 울고 웃는다. 어쩌다 데이트를 청해도 시험 기간과 겹치면 나와의 약속을 미룬다. 가족 여행을 가서도 시험 준

비를 한다며 방에서 공부를 하는 그 모습이 낯설기만 하다. 나는 엄마를 개인적인 욕망을 지닌 한 인간으로는 생각지 않았던 것 같다. 가족을 위해 모든 것을 양보하고 희생하는 존재라는 걸 당연시했던 것 같다. 공부를 향한 그 놀라운 열정과 집착을 보노라면 평생을 엄마와 아내와 며느리라는 이름으로 살다가 인생의 말년에서야 자신의 이름으로 살아가는 것 같아 마음이 복잡해진다. 저토록 뜨거운 열망을 어떻게 누르며 평생을 살아왔을까 놀랍기도 하다. 엄마가 다른 시대에 태어나 나만큼의 교육만 받았더라면, 드넓은 세상을 마음껏 누비며 자신의 이름으로 살았을 거라는 생각도 들었다.

모녀가 함께하는 여행은 모든 딸들의 로망인 동시에 두려움인지도 모른다. 엄마와 딸은 가장 가까운 사이인 동시에 가장 낯선 타인일 수 있기 때문이다. 세상의 모든 딸은 자신을 낳아준 엄마에 대해 얼마나 알고 있을까. 세상의 모든 엄마는 또 자신이 키운 딸에 대해 얼마나 알고 있을까. '엄마'라는 이름을 벗어놓은, 욕망을 지닌 한 여성으로서의 엄마를 딸들이 잘 모르듯 엄마들도 제가 낳고 키웠기에 사소한 습관까지 다 안다고 믿는 딸에게 가장 먼 사람일 수도 있다. 사춘기를 지나 여자가 되어가는 과정에서 딸에게 엄마는 최초로 거짓말을 하는 상대가 되기도 하고, 모든 비밀을 공유하던 사이에서 절대로 비밀을 털어놓지 못하는 대상이 되어버리기도 한다. "엄마처럼은 살지 않을 거야!" "너도 꼭 너 같은 딸을 낳아 키워봐야 알지!" 서로에게 이런 말을 쏟아붓기도 하며 애증의 관계가 되기도 한다. 나는 엄마와 애증의 관계까지는 아니었고 오히려 마음 깊이 엄마를 존경하고 사랑했지만 타고난 성격상 다정한 딸은 되지 못했다. 속을 털어놓지도 않으면서 짜증부터 내는 까다로운 딸이었다. 여행을 업으로 삼았으면서도 한 번도 엄마와 여행을 다닌 적도 없었다.

엄마와 발리로 떠난 건 아빠가 돌아가신 지 두 달 후였다. 천천히 작별인사를 할 틈조차 없이 아빠를 떠나보내고 나니 그제야 정신이 들었다. 더 늦기 전에 엄마와 함께 여행을 해야겠다는 생각에 서둘러 항공권을 끊었다. 금슬이 좋은 부부였던 데다가, 45년을 함께한 남편을 잃은 직후니 엄마의 상실감은 이루 말할 수 없었을 것이다. 그래서인지 여행 내내 엄마는 수동적이었다. 비가 오나 눈이 오나 매일 두 시간씩 공원을 걸었기에 발리에서도 여전히 잘 걸으셨지만, 종종 약한 모습을 보이셨다. 정글 트레킹을 하기로 한 날, 폭우가 쏟아졌다. 엄마는 걷기 싫다 하셨다. 감기 기운 때문인가 싶었는데 제일 아끼는 운동화가 진흙투성이가 되는 게 싫어서였다. 거리를 걸을 때도 엄마는 무조건 햇볕이 들지 않는 쪽으로만 걸었다. 그래서 U자로 한 바퀴 돌면 될 골목 탐험을 길을 가로지르며 몇 차례나 오가야 했다. 모처럼 나온 여행이건만 엄마는 당신을 위해서는 푼돈이라도 쓰는 것을 아까워했다. 만 원짜리 가방 하나를 사면서도 몇 번을 들었다 놨다 망설이는, 평생 살아온 그 삶의 방식이 너무 안쓰러워 짜증을 내기도 했다. 발리의 전통화를 배우던 어느 오후에 엄마는 창피할 것 같다며 펜을 손에 쥐고도 한참을 망설이셨다. 자신감 없는 그 모습이 배움에 대한 콤플렉스에 기인한 건가 싶기도 했다.

엄마와 함께한 그 여행 내내 나는 여전히 상냥한 딸은 아니었다. 그저 평생을 의지했던 사람을 잃고 슬픔에 빠진 엄마에게 당신은 혼자가 아니라는 걸 알려드리고 싶어 곁에 있었을 뿐이었다. 엄마와 함께하는 그 시간 동안 아름다운 순간이 종종 지나갔다. 비가 그치고 깨끗하게 갠 하늘을 바라보며 말없이 교감하던 해변에서의 오후. 아침잠 없는 엄마 덕분에 일찍 일어나 함께 책을 읽으며 맞이하던 고요한 새벽. 몽키 포레스트에서 만난 거대한 반얀나무의 생명력에 감동하며 늙은 나무들을 바라보던 시간. 가이드에게 사과를 건네며 "이게 잡스가 발명한 애플이야"라던 엄마 특유의 썰렁한 농담에 웃던 순간. 엄마는 사랑스러운 소녀 같았다. 저녁을 먹고 돌아오던 어느 밤, 엄마는 좁고 어두운 골목에서 "이 길은 무섭네"라고 중얼거리며 내 팔을 잡았다. 나의 가장 든든한 버팀목이었던 엄마는 이제 조금씩 자식의 보호를 필요로 하는 존재가 되어가고 있었다. 내가 바깥을 떠도는 사이 엄마는 점점 더 늙어갔다. 몸은 작아지고, 마음은 약해져갔다. 내가 낯선 나라를 돌아다니는 한 엄마는 깊은 잠을 이루지 못하고 불안해하며 하루를 보낸다. 그걸 알면서도 나는 여전히 유목하는 삶을 버리지 못하는 이기적인 딸이다. 엄마가 평생을 통해 베풀어준, 조건도 없고 한계도 없는 그 사랑을 아무에게도 나누어주지 못하고 이번 생이 지나갈 것이다.

길 위에서 엄마가 몹시 그리워질 때면 엄마가 당신의 어머니를 생각하며 쓴 시 「어머니」를 읽는다. 젖먹이 동생을 업고, 일하러 나간

엄마를 기다리는 자그마한 소녀를 떠올린다. 학교에 가는 친구들의 뒷모습을 훔쳐보며 골목 어귀에서 눈물을 쏟는 소녀의 뒷모습을 상상한다. 마음 설레게 하는 동네 오빠라도 마주치면 제 모습이 부끄러워 숨기도 했을 그녀. 학교에 가는 대신 집안일을 돕고, 어린 동생을 돌보며 보냈을 그녀의 쓸쓸한 나날들을 생각한다. 가난 때문에 자식을 학교에 보내지 못하고 갓난아이를 맡긴 채 뽕잎을 따러나간 그녀의 엄마, 나의 외할머니의 야윈 등을 떠올려본다. 엄마의 타고난 성정을 생각해보면 엄마는 학교에 보내달라고 떼 한 번 쓰지 못했을 것이다. 그저 울음을 삼키고 서러움을 밀어넣고 하루하루를 견뎠을 것이다. 그 시절이 얼마나 사무치는 한으로 남았으면 엄마는 여든을 앞둔 지금도 도서관에 앉아 계시는 걸까. 흐려진 눈으로 교재를 들여다보는 엄마의 의지를 생각하다보면 게으른 내 일상이 새삼 부끄러워진다.

엄마의 소녀 시절은 내가 만난 가난한 나라의 무수한 아이들의 모습과 겹쳐진다. 동생을 업고 동구 밖을 서성이던 그 아이는 지금 이 순간 제가 낳은 아기를 품에 안고 시리아의 국경을 넘고 있다. 피투성이가 된 자식을 끌어안고 울부짖는 어머니들의 울음이 팔레스타인 땅의 장벽을 흔들고 있다. 이 도시의 광화문광장에는 자식을 바다에 묻은 어머니들이 앉아 있다. 나라 안팎에서 그녀들의 고단한 삶은 계속되고 있다. 그 어머니들의 눈물을 나는 어떻게 닦아줄 수 있을까.

16

서울 풍납동 옛집

○

이문재, 「우리 살던 옛집 지붕」

마지막으로 내가 떠나오면서부터 그 집은 빈집이 되었지만
강이 그리울 때 바다가 보고 싶을 때마다
강이나 바다의 높이로 그 옛집 푸른 지붕은 역시 반짝여주곤 했다
가령 내가 어떤 힘으로 버림받고
버림받음으로 해서 아니다 아니다
이러는 게 아니었다 울고 있을 때
나는 빈집을 흘러나오는 음악 같은
기억을 기억하고 있다

우리 살던 옛집 지붕에는
우리가 울면서 이름 붙여준 울음 우는
별로 가득하고
땅에 묻어주고 싶었던 하늘
우리 살던 옛집 지붕 근처까지
올라온 나무들은 바람이 불면
무거워진 나뭇잎을 흔들며 기뻐하고
우리들이 보는 앞에서 그해의 나이테를
아주 둥글게 그렸었다
우리 살던 옛집 지붕 위를 흘러
지나가는 별의 강줄기는
오늘밤이 지나면 어디로 이어지는지

그 집에서는 죽을 수 없었다
그 아름다운 천장을 바라보며 죽을 수 없었다
우리는 코피가 흐르도록 사랑하고
코피가 멈출 때까지 사랑하였다
바다가 아주 멀리 있었으므로
바다 쪽 그 집 벽을 허물어 바다를 쌓았고
강이 멀리 흘러나갔으므로
우리의 살을 베어내 나뭇잎처럼
강의 환한 입구로 띄우던 시절
별의 강줄기 별의
어두운 바다로 흘러가 사라지는 새벽
그 시절은 내가 죽어 어떤 전생으로 떠돌 것인가

알 수 없다
내가 마지막으로 그 집을 떠나면서
문에다 박은 커다란 못이 자라나
집 주위의 나무들을 못박고
하늘의 별에다 못질을 하고
내 살던 옛집을 생각할 때마다
그 집과 나는 서로 허물어지는지도 모른다 조금씩
조금씩 나는 죽음 쪽으로 허물어지고
나는 사랑 쪽에서 무너져 나오고

알 수 없다
내가 바다나 강물을 내려다보며 죽어도
어느 밝은 별에서 밧줄 같은 손이
내려와 나를 번쩍
번쩍 들어올릴는지

사람이 떠난 빈집은 쇠락한다. 수십 년을 튼튼히 서 있던 집도 사람이 떠나고 나면 기다렸다는 듯 무너진다. 집은 사람의 온기를 먹고 사는 것일까. 우리가 남겨두고 떠난 옛집들은 지금 어떤 모습으로 낡아가고 있을까.

내 기억 속에 남아 있는 최초의 집은 경북 경산에 있던 집이었다. 일곱 살 무렵 그 집에서 1년을 살았다. 골목 끝에 자리한 그 집의 푸른 대문을 열고 들어서면 바로 왼편에 화장실이 있었고, 자그마한 마당을 가로지르면 오른쪽에 방 세 개짜리 안채가 있었다. 어린 사내아이 둘을 키우는 젊은 부부가 방 한 칸을 얻어 세들었고, 우리는 방 두 개를 썼다. 반들반들 윤이 나는 쪽마루를 깐 거실엔 햇볕이 잘 들었다. 유치원에서 돌아오면 엄마는 어린 나를 앉혀놓고 빨래를 개거나 파를 다듬으며 한글을 가르쳤다. 더듬더듬 글자를 짚어나가다 유리창 밖으로 시선을 돌리면 낮은 담장 너머 푸른 벼들이 출렁였다. 대문을 열고 나가 좁은 골목을 빠져나가면 바로 논이 펼쳐졌다. 아침마다 그 논두렁길을 걸어 유치원에 갔다.

그 집에서 제일 사랑했던 공간은 다락방이었다. 할머니가 쓰시던

방 한쪽에 다락으로 올라가는 계단이 있었다. 틈만 나면 다락방으로 올라갔다. 그 방에는 우리 삼 남매가 초등학교에 들어가면 읽으라고 아버지가 사두신 어린이용 세계문학전집이 있었다. 아직 순진했던 터라 그 서른 권의 책은 초등학교에 들어가야만 읽을 수 있다고 믿었다. 하지만 내 순진함은 딱 거기까지였다. 나는 어두운 다락방으로 숨어들어가 몰래 그 책들을 읽었다. 『철가면』『암굴왕』 같은 책들을 다락방에 난 작은 창으로 스며드는 희미한 빛에 의지해 읽었다. 아무리 어린이용이라 해도 이해력이 평균 정도였던 나에게 그 책들의 내용은 어려웠다. 독서의 즐거움보다는 어른들이 금지했다고 믿었던 일을 몰래 한다는 쾌감이 더 컸는지도 모른다. 그 다락방은 처음으로 찾아낸 나만의 세계였다. 좁고 낮고 어두운 다락방에 앉아 한 권의 책을 펴는 순간, 가본 적 없는 세계가 나를 기다리고 있었다. 그 세계는 광활했고, 신비로웠고, 모험이 넘쳤다. 책을 읽다가 뭔지 알 수 없는 단어가 나올 때면 벌렁 드러누워 상상하곤 했다. 내가 모르는 무한한 단어로 이루어진 어른의 세계를. 집이라는 공간이 바깥세상으로부터 숨어들어 또다른 세상을 상상하는 혼자만의 공간이 될 수 있음을 일곱 살의 나는 조금씩 깨닫고 있었다.

아홉 살이 되던 해, 우리는 서울로 이사했다. 잠실의 오 층짜리 서민 아파트를 거쳐 옥탑방이 딸린 단독주택으로 옮겨갔다. 열아홉 살부터 독립하기 전까지 10년을 살았고, 그후 부모님과 막내가 16년을 더 머문 집. 낡을 대로 낡은 그 집과 우리는 지난해에 작별했다. 동네가 문화재보호구역으로 지정되는 바람에 국가의 보상을 받고 나와야 했다.

작년 추석은 그 집에서 보낸 마지막 명절이었다. 추석 전날 새벽에야 여행에서 돌아왔던 나는 급히 써야 할 원고가 있었다. 추석 당일 아침에나 가야겠다고 생각하던 차였는데, 밤늦게 동생이 문자를 보내왔다. 이 집에서 보내는 마지막 밤이라고 생각하니, 이 집이 사라진다 생각하니, 기분이 너무 이상하다고. 동생에게 「우리 살던 옛집 지붕」을 보냈다. 내가 아는 한 우리가 살던 옛집에 관한 가장 아름다운 시를. 원고를 쓰다 말고 나도 다시 시를 읽었다. 그 집에서 보낸 10년이 되살아났다. 옥탑방에서 내다보던 밤하늘의 흐릿한 별과, 한강을 가로지르던 올림픽대교의 솟은 구조물과 붉게 타오르던 저녁노을이 떠올랐다. 시구처럼 "내 살던 옛집을 생각할 때마다 그 집과 나는 서로 허물어지는지도 모른다"는 사실이 아프게 다가왔다. 집도, 나도 조금씩 죽음을 향해 무너져갈 것이었다. 우리 또한 그 집에서 "코피가 흐르도록 사랑하고 코피가 멈출 때까지 사랑하였"는데…… 아주 멀리 있는 바다나 강, 그 어디로도 갈 수 없을 때면 우리도 바다와 강을 그 집으로 불러들여 반짝이는 꿈을 꾸곤 했었는데…… 추억이 가득한 한 채의 집을 떠나는 그 순간, 시인의 말처럼 단지 낡은 집 대문만이 아니라 집 주위의 나무와 하늘의 별에도 못질을 하는 것은 아닐까. 그런 생각을 하고 있자니 나도 그 집에서 마지막 밤을 보내야 할 것 같았다. 오랜 세월 우리 가족의 눈물과 웃음과 한숨을 고스란히 담아준 집에 대한 마지막 예의로 그 집의 대문과 나무들과 별들에 못이 박히기 전에 마지막으로 봐야만 할 것 같았다. 곧바로 집을 나서서 택

시를 잡아탔다. 밤의 올림픽대로를 달려 그 집으로 갔다. 2년 전 세상을 떠난 아빠를 빼고 온 가족이 모였다.

어린 조카들이 잠든 깊은 밤, 우리는 평상에 나와 앉았다. 이제 열흘 후면 엄마와 막내는 근처 아파트로 이사할 터였다. 동생은 이 평상에 앉아 맥주를 마시는 일도 끝이라며 안타까워했다. 이 동네를 찾아와도 더이상 이 집은 없을 거라는 게 믿기지 않았다. 집이라는 공간이 가진 모든 육체성과 물리성이 먼지로 사라져 기억 속에만 남게 된다니 거짓말 같았다. 한 집이 사라진다는 건 그 집에 묻어 있는 온 가족의 추억마저 사라진다는 의미는 아닐까 갑자기 두려워졌다. 울고, 웃었던 모든 기억이 밴 집이었다. 집 앞 골목에서 첫사랑과 첫 키스를 나누던 스무 살의 나, 최루가스를 묻히고 돌아온 밤마다 대문가에 서서 옷에 밴 독한 냄새를 털어내던 나, 이혼을 하고 혼자 돌아와 애써 아무렇지 않은 양 벨을 누르던 서른의 나. 열아홉에서 스물아홉까지의 매일을, 그후에는 부모님을 뵈러 돌아올 때마다 머문 집이었다. 내게 그 집은 나를 힘껏 당겨주는 '밧줄 같은 손'이었다. 아무리 멀리 떠나도 돌아오게끔 끌어당겨주는 그런 손. 그 손을 이제 놓아야 한다니 하염없이 마음이 가라앉았다. 말없이 맥주를 마시는 우리를 마당의 대추나무와 감나무가 내려다보고 있었다.

다음날, 우리는 마지막 대추를 땄다. 10년 넘는 세월 동안 가을이면 아버지가 대추를 털던 나무였다. 엄마는 그 대추를 평상에 널어놓고 풀 먹인 광목처럼 짱짱한 가을볕에 말려 우리 남매에게 보내곤 했다. 동생이 사다리를 타고 올라가 긴 장대로 대추를 털었다. 어린 조

카들이 뛰어다니면서 떨어지는 대추를 바구니에 주워담았다. 엄마와 나는 멀리 튀어나간 대추를 빗자루로 쓸어왔다. 가을 햇살이 비단처럼 낭창낭창 늘어지는 오후였다. 우람하게 자란 대추나무도, 채 익지 않은 감을 잔뜩 매단 감나무도 곧 근처로 옮겨질 터였다. 이 집은 생명을 다하지만 저 나무 두 그루만은 가까이에서 계속 살아갈 거라 생각하니 조금 안도가 되었다.

세상을 떠돌며 살게 된 후에도 나지막한 집들이 어깨를 맞대고 늘어선 골목이라면 어디든 고향처럼 다가왔다. 내가 돌아가야 할 삶의 원형이 거기 남아 있을 것만 같아 오래도록 골목을 기웃거리곤 했다. 고층 건물이 장악하지 않은 낮고 작은 도시, 좁고 구불구불한 골목 사이로 수레를 끌며 노점상이 오가는 곳, 골목에서 뛰노는 아이들 소리가 들리는 곳. 어디든 그런 곳이면 아무리 낯설어도 마음이 놓였다. 그중에서도 열대의 작은 마을은 더 마음을 편안하게 했다. 얼기설기 짚단을 엮거나, 나무를 엇대어가며 지은 집들이 어린아이의 그림처럼 삐뚤빼뚤 늘어선 곳. 밖을 향해 열린 구조에 틈이 많은 집들이었다. 소리와 햇볕과 바람이 자유롭게 집 안팎을 넘실거렸다. 단열이 잘되는 두꺼운 벽에, 이중창이 기본인 나라에서 온 내게는 그 허술함이 좋았다. 아, 여기서는 겨울을 나기 위해, 난방비를 마련하기 위해, 기를 쓰며 돈을 벌지 않아도 되겠구나. 집이 없어도 얼어죽을 일은 없겠구나. 매사에 분발하지 않아도 되겠구나. 그런 곳에 머물 때면 잠시나마 어슬렁어슬렁, 느릿느릿, 빈둥빈둥, 흐느적흐느적 하면서 누군가와 눈만 마주치면 히죽히죽 웃으며 늘어지곤 했다. 그런 곳에서 몇 달을 머물다 서울로 돌아오면 빼곡한 아파트 빌딩에 숨이 막혔다.

아파트는 집단을 이루어 서 있으면서도 철저히 개인적인 공간이다. 익명으로 머물 자유가 보장된다. 보수를 위해 해마다 진흙을 덧바르고, 지붕을 다시 엮는 수고를 하지 않아도 된다. 하지만 그 안에서는 대지의 기운을 받을 수도 없고, 계절의 변화를 느끼기도 힘들다. 창문도 열지 못하는 초고층 건물에서 공기청정기를 돌려가며 살기도 한다. 흙 때문에 지저분해진다고 땅을 전부 포장해버리고, 아이들 소리가 시끄럽다고 놀이터마저 짓지 않는 아파트 단지가 생겨났다. 우리는 날마다 더 높은 집을 짓고, 더 넓은 집을 구하고, 더 비싼 동네로 이사할 꿈을 꾸지만, 거기에서 우리를 기다리는 삶은 우리가 자라온 시절과 얼마나 멀어진 걸까. 그렇게 사라진 동네와 집을 찾아 오늘도 여기가 아닌 저 먼 곳을 헤매고 있는 것은 아닐까. 나를 끌어당겨줄 '밧줄 같은 손'을 기다리면서.

17

평화롭고 우아한 세계

○

김선태, 「바오밥나무를 위하여」

모든 꽃피는 일이 살아서 다치는 일이라던 너는 지은 죄를 보따리 싸들고 아프리카로 가서 그곳으로 날아갈 수 없는 나를 위하여 사진 한 장 보내왔지. 케냐의 평원에 서 있는 거대한 바오밥나무 아래 원주민들이랑 함께 찍은…… 주변에는 코끼리 가족, 나무 위엔 표범도 늘어져 있었지. 이후 나는 그 사진을 액자 걸어두고 볼 때마다 바오밥나무가 거느린 평화와 안식 그리고 시원에의 끝간 데 없는 그리움 같은 것을 생각했다.

사진 속의 바오밥나무는 마을의 수호신이지요. 수령이 수천 년은 족히 넘어요. 원래는 뿌리가 다른 것들이 자라면서 서로 얽혀 거대한 한몸이 되었지요. 이 나무는 모든 생명의 쉼터랍니다. 열사의 뙤약볕을 가려 넉넉한 그늘을 만들지요. 사진에서 보듯 사람들이랑 동물들이 친구처럼 모여 있는데, 참 신기해요. 이 나무 아래에서만큼은 가끔 경계하기는 하지만 서로 싸우지를 않아요. 사이좋게 그늘을 공유하지요. 바오밥나무는 복주머니 같은 열매를 땅으로 떨어뜨리는데 비타민이 풍부한 그것들은 여러 동물들의 중요한 영양공급원입니다. 수많은 씨들이 가득 들어 있는 복주머니를 코끼리가 통째로 삼켜 똥으로 배설하면 그 씨앗들이 평원 곳곳에 퍼져 새끼 바오밥나무들이 자라나지요. 바오밥나무의 늙은 몸통을 가만 들여다보면 꼭 죽은 관목 같아요. 온통 상처투성이지요. 코끼리들이 바오밥나무 껍질을 벗겨먹거나 온갖 짐승들이 몸을 문질러대기 때문이지요. 뿐만이 아니에요. 줄기 곳곳마다 온갖 새들이 구멍을 파고 세들어 살고 있어요. 그래도 바오밥나무는 아무런 불평불만이 없습니다. 제 스스로 상처를 갈무리하고선 형해의 몸뚱이로 어김없이 꽃을 피워 환하게 주변을 밝히지요. 바오밥나무는 그 자체로 하나의 거대한 세계랍니다.

아프리카로 간 이후 바오밥나무를 사랑하게 되었다는 너의 편지는 내게 커다란 믿음 하나를 심어주었다. 오래도록 변치 않는 사람이 아름답다는 것을. 그 어떤 비바람도 그 뿌리를 무너뜨릴 수 없음을 나는 믿는다. 성스런 바오밥나무처럼 제 상처를 치유하고 남을 위해 온몸을 바쳐 서 있는 너의 존재를 나는 믿는다. 어린 잡목 숲을 거느린 그 커다랗고 넉넉한 품을. 오랜 기다림과 상처가 곰삭아 터져 나오는 형언할 수 없는 삶의 향기를.

그해 여름을 나는 아프리카 대륙에서 보내고 있었다. 이집트를 출발해 에티오피아와 케냐를 거쳐 탄자니아에 들어섰을 때, 몸과 마음이 다 삐걱대고 있었다. 에티오피아에서 지독한 가난을 대면하고 그 충격이 가시지 않은 데다가 말라리아까지 걸린 터였다. 아루샤의 병원에서 약을 타와 먹으며 며칠을 앓았다. 몸을 추스를 수 있게 되자 곧장 짐을 꾸려 사파리를 떠났다. 사파리는 지붕이 없는 사륜구동차를 타고 야생동물을 찾아가는 여행이다. 지프차에 실려 먼지나는 평원을 달리고 또 달렸다. 세렝게티. 스와힐리 어로 '끝없는 평원'이라는 그 이름처럼 달리고 달려도 끝이 보이지 않았다. 그 가없는 초원 위에 수만 년 전의 모습 그대로 야생동물들이 살고 있었다. 기린과 코끼리, 얼룩말과 누 같은 커다란 초식동물들. 부시벅이나 임팔라, 톰슨가젤 같은 작은 영양류. 사자와 표범, 치타와 같은 포식자들에 이르기까지 그 초원의 주인은 동물이었다. 마침내 나는 아프리카 대초원 위에 서 있었다.

아프리카에서 야생동물을 만나는 건 내 오랜 꿈이었다. 「바오밥나무를 위하여」를 읽은 이후 아프리카 하면 우산처럼 넉넉한 그늘을 펼친 바오밥나무 아래 쉬고 있는 기린이며 표범이며 코끼리들의 모습이 그려졌다. 모든 생명을 차별 없이 품어준다는 거대한 바오밥나무 아래 서서 내가 사랑하는 기린과 조우하고 싶었다. 바오밥나무 아래 앉아 주변을 오가는 동물들을 무심한 척 지켜보고 싶었다. 바오밥나무는 야생의 생명과 인간이 만나는 지점이면서 과거의 상처를 치유하고 미래로 나아갈 수 있는 경계선 같았다. 오랜 기다림을 견디고 나면 나도 바오밥나무처럼 제 상처를 치유하고 타인의 상처까지 품을 수 있을지 궁금했다. 그렇게 넉넉한 품을 가지려면 얼마나 더 견뎌야 하는지도 알고 싶었다. 성스런 바오밥나무 그늘 아래 오래 묵은 상처를 꺼내어 말리고 싶었다. 수천 년을 살아온 그 나무 밑에 서면 '고작 몇십 년 삶의 고단함쯤이야' 담대하게 받아들일 수 있을 것 같았다.

세렝게티에 머무는 동안 바오밥나무는 만나지 못했다. 그래도 괜찮았다. 그 초원의 모든 나무들이 바오밥나무 같았으니까. 가지마다 걸터앉은 독수리들이 날개를 말리던 나무도, 표범이 늘어지게 낮잠

을 자던 나무도, 임팔라떼가 그 그늘에 앉아 있던 나무도 다른 생명을 품어준다는 점에서 바오밥나무나 마찬가지였다. 그중에서도 아카시나무 옆에 서 있는 기린의 모습을 볼 때면 매번 가슴이 두근거렸다. 긴 다리를 성큼성큼 내디디며 걸어가는 기린은 우아했다. 심장에서 뇌까지의 거리가 멀어 고혈압을 달고 산다는 기린은 다리를 천천히 벌려가며 물을 마실 때 가장 치명적으로 위험에 노출된다고 했다. 뒷다리는 포식자의 목뼈를 부러뜨릴 수 있을 정도로 강하지만 긴 몸은 기린의 약점이기도 했다. 그러면서도 기린은 늘 단독자였다. 무리를 지어 세력을 만들지 않았고, 기껏해야 두세 마리가 함께 다닐 정도로 기린은 강인해 보였다. 지평선 너머로 지는 해를 배경으로 서 있는 한 마리의 기린은 제 존재만으로 초원을 가득 채웠다. 혼자여도 고독에 지지 않을 것 같았다. 넘어져도 상처를 스스로 치유하고 일어설 것 같았다. 오랫동안 기린을 사랑해왔던 나는 마침내 이 초원에서 매일, 하루에도 몇 번씩 기린을 보고 있었다. 흘러가는 시간이 이대로 여기서 멈추어도 좋겠다 싶었다.

하루 종일 초원을 달리며 동물을 찾아다니고 저녁이 되면 텐트를 쳤다. 샤워 시설 같은 건 없는 야영장이었다. 저녁을 먹고 나면 몸을 씻지도 못한 채 옷만 갈아입고 텐트 밖에 나와 앉았다. 할일이라고는 아무것도 없었다. 가만히 앉아 지평선을 바라보는 일이 전부였다. 동서남북 어디로도 걸리는 것 없이 광활한 초원이 펼쳐졌다. 인간이 지어올린 건축물은 하나도 보이지 않았다. 한낮의 열기가 식을 무렵이면 지평선을 붉게 물들이며 해가 저물어갔다. 태양이 기울어감에 따라 지평선의 색깔이 미묘하게 변해갔다. 연한 분홍빛에서 주홍빛으로, 타들어가는 붉은 빛깔로, 그리고 다시 푸르게 어두워지는 하늘. 어느덧 서늘한 바람이 불어오고, 하늘의 색이 조금씩 짙어지고 어둠이 내려오면 동물들은 저마다의 둥지로 돌아갔다. 그리고 초원의 밤하늘에 별이 떠올랐다. 믿을 수 없을 만큼 가까이 내려온 별들이 밤하늘을 빼곡히 채웠다. 그 별무리를 바라보고 있으면 무릎에 힘이 빠졌다. 저 무성한 별들 중에 이 행성에만 생명이 존재한다는 게 거짓말 같고 기적 같았다. 인간이 지구의 주인 노릇을 시작한 이후 이제는 60초마다 한 종이 절멸한다는데, 이들이 다 사라지는 날이 정말 올까. 질주하는 치타의 발소리가 들리지 않는 대지는 얼마나 허전할까. 줄기를 타고 앉아 낮잠을 자는 표범 한 마리 찾아오지 않는 바오밥나무는 또 얼마나 외로울까. 마지막 플라밍고마저 사라져 새들의 날갯짓 소리 끊긴 호수는 그 적막을 어떻게 견딜까. 아카시나무를 향하는 기린이 보이지 않는 초원은 얼마나 심심할까. 오늘 만난 야생동물들과 초원 어딘가에 서 있을 커다란 바오밥나무는 얼마나 더 오래 살아남을 수 있을까. 그런 생각을 하던 밤이 침묵 속에 깊어갔고, 아침이면 다시 지평선을 붉게 물들이며 해가 떠올랐다.

세렝게티에서 보낸 닷새 동안 나는 기린의 우아한 움직임에 매료되었고, 표범의 날렵한 몸매에 사로잡혔고, 얼룩말과 누의 다정함에 기대었고, 사자의 무한한 인내를 사랑했고, 톰슨가젤과 임팔라의 빠른 다리를 흠모했다. 살아서 숨쉬고, 움직이고, 달리는 야생의 동물들은 한숨이 나올 만큼 아름다웠다. 세렝게티에서는 인간이 그은 국경선 따위는 아무 의미가 없었다. 얼룩말과 누는 케냐와 탄자니아의 국경을 아무렇지도 않게 넘어 다녔다. 인간이 만든 시간의 개념도 우습기만 했다. 몇 시간이 지나도 사자는 여전히 그 자리에 앉아 임팔라를 노렸고, 표범은 계속 나무 위에서 잠을 잤고, 사슴은 줄곧 사자를 경계하며 풀을 뜯었다. 인간이 변방으로 밀려난 자연은 평화로웠다. 왠지 이것만으로 충분하다는, 봐야 할 모든 것을 다 보았다는, 그런 기분에 사로잡힌 시간이었다.

오지 않는 이를 기다리다 멍이 든 마음의 상처도 이곳에 있는 동안 희미해졌다. 살아가는 동안 누군가 찾아왔다 떠나가는 일이 반복되겠지만 나는 변치 않고 그대로 서 있을 거라고, 그 어떤 비바람에도 뿌리 뽑히지 않고 버틸 거라는 것을 알 수 있었다. 그러다보면 어느 날에는 나도 '성스런 바오밥나무처럼 제 상처를 치유하고 남을 위해 온몸을 바쳐 서 있는' 존재가 될지도 모른다고, 그렇게 믿으며 초원을 떠났다.

18

지상에서
가장 사랑하는 생명체

○

메리 올리버, 「상상할 수 있니?」

예를 들어, 나무들이 무얼 하는지
번개 폭풍이 휘몰아칠 때나
여름밤 물기를 머금은 어둠 속에서나
겨울의 흰 그물 아래서만이 아니라
지금, 그리고 지금, 그리고 지금—언제든
우리가 보고 있지 않을 때.
물론 넌 상상할 수 없지
나무들은 그저 거기 서서
우리가 보고 있을 때 보이는 모습으로 있다는 걸
물론 넌 상상할 수 없지
나무들은, 조금만 여행하기를 소망하며,
뿌리부터 온몸으로,
춤추지 않는다는 걸,
갑갑해하며 더 나은 경치, 더 많은 햇살,
아니면 더 많은 그늘을
원하지 않는다는 걸
물론 넌 상상할 수 없지 나무들은 그저
거기 서서 매 순간을, 새들이나 비어 있음을,
천천히 소리 없이 늘어가는 검은 나이테를,
마음에 바람이 불지 않는 한
아무것도 달라질 게 없음을
사랑한다는 걸,

물론 넌 상상할 수 없지
인내, 그리고 행복, 그런 걸.

사는 일에 지친 날이면 숲으로 간다. 큰 나무와 작은 나무가 다툼 없이 서 있는 숲으로. 저마다 외따로 서 있어도 더불어 아름다운 나무들 곁으로. 숲에 들어서면 안도감이 밀려든다. 어디든 자리잡고 앉아 나무를 바라본다. 나무는 내가 지상에서 가장 사랑하는 생명체다. 한곳에 마음 붙이지 못해 밖을 떠도는 내가 어쩌다 한자리에서 꼼짝도 못하는 나무를 사랑하게 된 걸까. 나무는 제 이웃 나무조차 더듬어 안을 수 없다. 뿌리로나 겨우 얽힐 수 있을 뿐. 그런데도 나무는 붙박이로 태어난 제 운명을 탓하지 않고 한자리에 선 채 유목한다. 묵묵히 제 몸을 키워 숲의 생명들을 제 품으로 불러들인다. 나무는 세월의 발톱에 긁히지 않는 유일한 존재 같다. 달이 바뀌고, 한 해가 지나고, 다시 몇 번의 계절이 오간다 해도 나무는 점점 더 그윽해질 뿐이다. 시간을 거슬러가며 울울창창해지는 유일한 존재가 아닐까. 너무 가깝거나 너무 멀어 뜨거움에 데이거나 차가움에 어는 인간과는 다르게 나무는 존재와 존재 사이에 적당한 거리가 필요하다는 것을 안다. 햇빛과 바람이 넘나들 수 있는 그 거리가 결국 서로를 자유롭게 한다는 것을 나무는 알고 있다.

나무가 지닌 두 개의 삶도 나를 매혹한다. 인간은 죽는 순간 쓸모를 다하지만 나무는 제 생명을 다한 후에도 목재로서 두번째 삶을 산다. 살아서의 시간만큼 다시 존재할 수 있는 힘이 나무 안에 들어 있다. 나무는 기다림을 알되, 그 기다림에서 자유롭다. 때를 맞춰 잎을 틔우고, 꽃을 피우고, 열매를 맺고, 다시 빈 몸으로 돌아가는 데에 서두름도, 망설임도 없다. 그저 제자리에서 그 모든 일을 지극히 자연스럽게 해낸다. 다음 생에는 나무와 몸을 바꿔 이 세상에 올 수 있을까. 느티나무 한 그루의 몸을 빌려 나도 앉은자리에서 유목하는 드높은 경지에 들 수 있을까. 그런 생각을 하며 숲에 앉아 있다보면 들끓던 마음이 어느새 가라앉고, 다시 소란한 세상으로 나갈 기운을 얻는다.

이토록 나무를 사랑하게 된 것은 길 위에서 늘 혼자 걸었기 때문인지도 모른다. 낯선 길에서 가장 자주 마주치는 존재는 나무였다. 걷다가 지칠 때면 그 그늘에 들어 쉬었고, 외로울 때면 말을 걸었고, 어쩌다 서러움 같은 것이 북받칠 때면 기대어 울기도 했다. 그때마다 나무는 제 몸을 온전히 내주었다. 늙은 나무의 몸피에 가만히 귀를 대면 들려올 것만 같았다. 그 나무에 나처럼 잠시 마음을 주었던 이들이 남긴 수런거림이.

숲이 있는 곳이라면 어디든 마음을 주며 지나왔지만 내 마음에 화인처럼 찍힌 하나의 숲을 고른다면 야쿠시마의 삼나무숲이다. 야쿠시마는 태풍이 지나가는 길목이라 섬의 삼나무들은 태풍을 견디기 위해 키를 낮추고 둥치를 굵게 만들어 느리게 자란다고 했다. 미야자키 하야오의 〈원령공주〉의 배경이기도 한 그 숲은 내가 만난 가장 신령스러운 숲이었다. 1년 내내 비가 내리는 숲은 이끼를 망토처럼 두르고 있었다. 나무들의 몸피에도, 길목의 바위에도 초록빛 이끼가 무성했다. 손으로 어루만지면 부드럽고 촉촉한 이끼의 결이 그대로 느껴졌다. 숲으로 안개가 몰려오고 비가 내리면 숲의 색은 더 짙어졌다. 바람이 안개를 헤치고 지나가면 나무는 가지를 흔들며 화답했다. 신들의 정원에 허락도 없이 들어선 것은 아닐까. 어쩐지 함부로 말을 해서는 안 될 것만 같았다. 삼나무숲은 비와 바람과 안개 그리고 간간히 빛나는 햇살 아래 늘 젖어 있는 나무들의 점령지였다. 인간 따위가 함부로 들어설 수 없는 어떤 경계 같았다. 그곳에서 몇 밤을 보내고 나면 내 몸에도 뿌리가 돋고, 내 팔에도 푸른 잎이 돋아날 것만 같던, 깊고, 어둡고, 엄숙한 숲이었다. 숲에 흐르던 시간은 단지 하루의 시간이 아닌 것 같았다. 느릿느릿 흘러온 지구의 수천 년 세월이 고여서 흐르는 것 같았다. 이 세계의 속도가 아닌 다른 속도의 시간을 지닌 공간에 내가 서 있었다. 사람들은 수령이 1000년 이상인 이 숲의 나무들에게 따로 이름을 붙여줬다. 하지만 인간이 붙인 이름 따위 없이도 나무들은 저 홀로 그윽했다.

그 숲에는 7200년을 살았다는 조몬 삼나무도 있었다. 실제 수령은 2000년이 좀 넘는다지만 그 나무를 마주하는 순간, 무릎 꿇고 싶어졌다. 어떤 위대한 존재 앞에 발가벗겨진 채 선 기분이 들었다. 나무 한 그루가 숲을 제압하듯 서 있었다. 이 섬에서 시를 쓰고 농사를 지으며 살다가 떠난 시인 야마오 산세이가 표현했듯 "이 지상에 삶을 부여받은 이래 단 한마디도 하지 않고 단 한 발짝도 내딛지 않고 그곳에 서 있"는 나무였다. 내 머릿속에 가득하던 세상의 온갖 어지러운 일들이 하얗게 지워져갔다. 오직 나와 눈앞의 나무만 존재하는 것 같았다. 일

생을 통틀어 두 번은 오지 않을 순간을 맞고 있음을 본능적으로 깨달았다. 수천 년의 세월을 몸에 새긴 나무를 바라보며 서 있는 그 시간을 오래 기억하게 될 것이라는 사실도. 나에게 허락된 시간은 고작 하루뿐이었지만 다행히 근처 산장에 머물렀기에 늦은 오후와 깊은 밤과 이른 새벽, 세 번에 걸쳐 그 나무와 만날 수 있었다. 첫번째와 두번째는 운좋게도 나무 앞에 오롯이 나 혼자 서 있었다. 나무가 거쳐온 아득한 시간의 길이를 생각하니 인간의 삶 따위야 참으로 찰나에 지나지 않았다. 숲의 아름다움은 조몬 삼나무 때문만은 아니었다. 저마다 다른 시간을 견뎌온 나무들이 아무렇지도 않게 어우러져 있기 때문이었다. 젊은 나무도, 늙은 나무도, 키가 큰 나무도, 작은 나무도. 그날 밤, 산장에 누워서 쉽게 잠들지 못했다. 멀지 않은 곳에서 산소를 내뿜고 있을 그 늙고 성성한 나무를 생각하며 수첩에 이렇게 적었다. "굽으면 굽은 대로, 휘면 휜 대로 살기 위해 투쟁한 결기가 느껴지고, 가늘면 가는 대로, 굵으면 굵은 대로 굴복하지 않고 버텨온 기상이 드러나는 나무들. 햇빛을 더 받기 위해, 바람에 맞서기 위해, 몸을 뒤틀고 제 팔을 때로는 스스로 쳐내는 나무들의 담대함"이라고.

그렇게 믿고 있었는데, 얼마 전 메리 올리버의 시 한 편을 만났다. 미국의 대표적인 자연주의 시인으로 불리는 그녀의 상상력은 나와는 다르게 나무들에게 닿아 있었다. 그녀의 말처럼 "바람, 떡갈나무, 떡갈나무 잎에 대해서가 아니라 그것들을 대신해 이야기"했기 때문인 것일까. 그녀가 바라보는 나무는 "더 나은 경치, 더 많은 햇살, 아니면 더 많은 그늘"을 원하지 않았다. 생존을 위해 필수적인 것조차 욕망하지 않았다. 그야말로 무위와 무욕의 경지였다. 새들이 찾아올 때나, 저 홀로 있을 때나, 햇볕이 넘쳐날 때나, 비바람이 몰아칠 때나 매 순간 그 모습 그대로 저를 사랑하는 나무였다. "마음에 바람이 불지 않는 한 아무것도 달라질 게 없음을" 아는 나무라니. 잔바람에도 엄살을 부리고, 작은 그늘에도 안달나는 나 같은 사람은 감히 따라갈 수도 없는 경지다. 누군가가 바라볼 때나 보는 이가 없을 때나 달라지지 않고 살 수 있다면 완벽한 평화가 주어질 것이다. 오랜 세월을 한결같은 모습으로 욕망을 버린 채 보내는, 인내의 시간을 거친 후에야 허락될 평화다. 그런 인내와 행복을 상상할 수 있느냐고 그녀는 다정한 어조로 묻는다. 평생을 새벽 다섯시에 집을 나서서 숲과 물가 산책으로 하루를 시작하던 시인이었다. "내 시들은 모두 야외에서, 들판, 해변, 하늘 아래서 쓰였다"라고 했을 정도로 그녀는 자연 안에서 더없이 자연스러운 존재였다. 그러니 그녀가 바라보는 나무들의 세계는 그토록 평화로울 수밖에.

그저 버티는 것 외에는 다른 수가 없는 삶의 길목을 지날 때마다 시인의 나무를 불러내고 싶다. 가난하고 쓸쓸한 생이나마 한결같이 스스로를 아끼며 서 있고 싶다. 삶의 폭풍에 몸이 꺾이는 날에도, 햇볕이 찬란하게 들이치는 날에도, 그 모습 그대로 나를 사랑하고 싶다. 그렇게 살다보면 삶의 끝 무렵에는 나도 깊은 지혜를 담은 상냥하면서도 담백한 글 한 편을 남길 수 있지 않을까.

19

가 만 히,
봄

○

이성부, 「봄」

기다리지 않아도 오고
기다림마저 잃었을 때에도 너는 온다
어디 뻘밭 구석이거나
썩은 물 웅덩이 같은 데를 기웃거리다가
한눈 좀 팔고, 싸움도 한판 하고,
지쳐 나자빠져 있다가
다급한 사연 들고 달려간 바람이
흔들어 깨우면
눈 부비며 너는 더디게 온다
더디게 더디게 마침내 올 것이 온다
너를 보면 눈부셔
일어나 맞이할 수가 없다
입을 열어 외치지만 소리는 굳어
나는 아무것도 미리 알릴 수가 없다
가까스로 두 팔을 벌려 껴안아보는
너, 먼데서 이기고 돌아온 사람아

가만히 봄, 이라 발음하는 순간 부드럽고 말랑말랑한 온기가 밀려든다. 순한 바람이 뺨을 스쳐가고, 따스한 햇살이 어깨를 어루만지는 것 같다. 꺾일 것 같지 않던 겨울의 기세가 무너진 자리에 불쑥 들어선 봄을 맞는 날. 꽃망울을 달고 선 나무가, 청명한 공기의 흐름이, 사람들의 가벼워진 옷차림이 마침내 봄이 왔음을 증명한다. 길고 지루

했던 겨울이 지나갔음을 온몸으로 깨닫는 그런 날이면 이성부의 「봄」이 떠오른다. 아니, 여전히 겨울의 한가운데서 웅크리고 있을 때도 이 시를 찾아 읽으며 주문처럼 중얼거린다. "기다리지 않아도 오고 기다림마저 잃었을 때에도 너는 온다"고. 인생의 북풍한설에 휩쓸려 영원히 끝나지 않을 것 같은 추위를 견뎌야 하는 날들. 문밖을 나서면 세찬 눈보라에 날려갈 것만 같아 방문을 닫고 버티는 시절을 누구나 한 번쯤은 거친다. 그 추위를 견디게 하는 것은 결국 타인의 위로도 가족의 돌봄도 아닌, 끝내는 봄이 올 거라는 단순한 믿음 하나다. 약하고 질긴 그 희망에 기대어 언제인지는 알 수 없으나 반드시 오고 말 봄을 기다린다. 이 시를 쓴 시인이 어두운 군사 독재의 시절에도 '더디게 더디게 마침내 올' 자유와 민주의 봄을 기다렸듯이.

그렇게 견뎌야 하는 인생의 첫 겨울이 내게도 찾아왔었다. 삼십대가 시작되던 해 3월의 어느 오후, 후배에게 전화가 걸려왔다. "선운사에 가지 않을래? 동백이 피고 있대. 마음 한 자락 놓아버려도 되잖아, 언니. 봄이니까." 봄이니까, 그 한마디에 홀려 그녀를 따라 선운사로 내려갔다. 몇 달 만의 외출이었다. 반지하방에 웅크려서는 누구도 만나지 않고 회사와 집만을 오가며 견디던 사이, 남도에는 어느새 봄기운이 번져 있었다. 미당 서정주의 「선운사 동구」처럼 "동백은 아직 일러 다 피지 않았고, 막걸리집 여자의 육자배기 가락에 목이 쉰 채 남은 작년 것"도 없었지만 봄은 불쑥 다가와 있었다. 사나운 바람과 쓸쓸한 대지를 뚫고 노란 복수초가 솟아났고, 강변의 버드나무는 어린 새순을 냈고, 강물은 얼었던 몸을 풀고 흘러가고 있었다. 초

록이 먼산을 물들여갔다. 노랗고 붉고 흰 꽃들이 잿빛 풍경을 지워갔다. 가까이 보이는 낮은 산들의 능선이 사춘기 소녀의 젖가슴처럼 부풀어올랐다. 우리는 절간에 자리한 작은 방에서 달고 향기로운 차를 마시며 책을 읽고, 햇살이 따스한 오후에는 동백숲을 거닐었다. 도솔암에 올라 낙조를 보며 앉아 있기도 했다. 해가 져도 더이상 춥지 않은 밤이었다. 암자에서 내려온 저녁에는 복분자주 몇 잔에 볼이 붉어지기도 했다. 말을 하지 않아도 앓는 소리가 그녀에게 고스란히 전해졌던 걸까. 그녀는 아무것도 묻지 않고 그저 내 곁을 지킬 뿐이었다. 여러 사람을 아프게 하며 선택한 길이었는데, 정작 겁을 집어먹고 움츠러든 것은 나였다. 이기적인 나에게 스스로 상처입다니, 운명의 여신이라는 존재가 있다면 그녀가 내게 내린 벌 같았다. 내 인생의 가장 추운 겨울을 지나는 중이라고 생각했다. 그후 몇 번의 혹한을 더 겪게 될 거라는 걸 그때는 알지 못했다. 우리 인생에도 계절의 변화처럼 꽃피는 날들이 찾아오고, 여름처럼 정념을 태우는 날들이 이어지고, 때이른 추위도 찾아온다는 것을. 아직 어렸기에 그때가 내 인생의 처음이자 마지막 겨울일 거라고 그렇게 믿었다. 어리석은 믿음에 기대어 견디는 날들도 괜찮다는 것을 이제는 알게 되었지만, 그때는 미처 알지 못했다. 선운사에서 내 인생의 첫 겨울이 곧 끝나리라는 것을 예감할 수 있었다. 어떤 장소와 계절이 주는 위안이 분명 존재한다는 것을 처음으로 깨닫고 있었다. 일찍 만나고 온 봄이 조금씩 번져갈 때 내 몸 안에도 세상 밖으로 나갈 기운이 퍼져갔다. 서른의 봄이었다.

태국 치앙마이에서 겨울을 나고 서울로 돌아온 올해 봄, 서울 하늘은 미세먼지 때문에 뿌옇게 흐려 있었다. 그래도 봄은 어김없이 찾아왔다. 대기에 흥분제라도 뿌려놨는지 집밖으로 나서는 순간 발바닥이 웅웅거렸다. 목련과 개나리와 진달래, 산수유와 매화의 하얗고 노랗고 붉은 색감이 희끗희끗 번지고 있었다. 무채색이던 도시가 하루가 다르게 화사해지는 모습에 가만히 있을 수 없어 매일 집을 나섰다. 어느 오후에는 북악스카이웨이를 걸었고, 어느 아침에는 인왕산 둘레길을 걸었다. 어떤 날에는 청와대 앞길로 삼청동을 지나 가회동까지 걸었다. 5년의 연애를 끝내고 다시 혼자가 된 나를 벗삼아 걸었다. 나이 마흔에 찾아왔던 사랑이 끝나니 이번 생의 마지막 사랑을 보낸 것만 같았다. 삼십대에 지나간 이별에서는 단지 한 사람을 잃었다면, 사십대에 끝난 사랑은 전부를 잃은 기분이었다. 누군가를 사랑하고, 그 사랑을 보내고, 잠 못 이루는 밤을 맞는 일은 우리 생을 통틀어 몇 번이나 찾아올까. 살아온 날과 살아갈 날이 비슷하게 남은 사십대에게 다시 사랑이 찾아오기나 할까. 그런 생각을 하며 나를 바라보면 안쓰럽다기보다 기특하기도 했다. '바람에 날리는 꽃잎보다 얇다는 사람의 마음'을 믿고 뛰어들었고, 그 마음에 기대어 매 순간을 울고 웃으며 살았고, '영원이 바로 인생의 시간 속에 존재할 수 있다는 것을 사랑으로 증명'해냈으니 말이다. 사랑하고, 사랑받을 수 있어서 고마웠던 시간이었다. '지금 사랑하지 않는 자, 모두 유죄'라고 했던 어느 작가의 말을 빌린다면 지금 사랑하고, 아파하고, 이별하는 이들은 모두 무죄다. 이번 생을 뜨겁게 살고 있다는 증거이기에. 사랑을 하는 한 인생의 봄날을 살고 있는 거라고 여전히 믿고 있다.

눈물도 없이 담담하게 아픔을 견디며 걷던 어느 날, 보라색 제비꽃 한 송이가 눈에 들어왔다. 그 옆으로는 꽃망울을 한껏 부풀린 진달래 나무 한 그루가 서 있었다. 진귀한 것을 보듯 제비꽃과 진달래를 찬찬히 들여다봤다. 다음주에는 진달래꽃과 제비꽃으로 화전을 부쳐야겠다 싶었다. 언제부터인가 화전을 부치는 건 나만의 봄맞이 축하 같은 거였다. 내 마음이 어떻든 간에 변함없이 찾아온 봄을 올해도 축하하고 싶어졌다. 친구를 불러 화전을 부친 저녁, 사랑하는 숲으로 갔다. 바구니에 와인 한 병과 치즈 몇 조각, 무릎 담요를 챙겼다. 보름달이 뜬 밤이었다. 계곡의 돌 탁자에 마주앉아 물소리를 들었다. 적당히 취기가 오르자 긴 돌의자에 드러누웠다. 그 의자에 누우면 주변의 나뭇가지들이 둥글게 원을 그리며 하늘을 덮어왔다. 그 아늑한 품에 안겨 바람에 실려오는 꽃향기를 맡고 있으면 삶이 이토록 아름다운 것이었나 되묻게 되곤 했다. 아무리 엉망진창으로 깨졌어도, 아무리 힘든 하루를 보냈어도, 봄숲에 누워 있으면 살아야겠다는 의지가 생겨났다. 풀과 꽃과 나무가 자라고, 피어나고, 잎을 밀어올리는 계절이기에.

생명의 기운으로 넘실거리는 봄볕 아래서는 살아 있는 한 생겨날 수밖에 없는 젖은 상처들이 곧 마를 것이라고 믿게 된다. 마흔다섯을 넘고야 봄이 이별하기 좋은 계절임을 새로이 배우고 있었다. 그 이별은 새로운 시작에 다름아니었다. 겨울이 가고 봄이 오듯이 한 사람이 갔으니 또다른 사랑이 올지도 모를 일이었다. 산책을 하고, 화전을 부치고, 한 편의 시를 읽고, 밤의 숲에서 별을 보며 봄을 온전히 누리기.

일상을 빛나게 하는 이 사소한 것들을 잊지 않는 한, 괜찮을 것 같았다. 아무리 아픈 이별을 한대도 끝내는 다시 시작할 수 있을 것이라고 믿었다.

꽃처럼 사랑도 피었다 진다. 꽃이 지는 걸 두려워하며 피어나는 게 아니듯, 다시 또 사랑이 찾아온다면 헤어짐을 두려워하지 않고 붙잡을 것이다. 봄의 그네에 풀쩍 올라타 마음의 격정, 그 파도 위에 나를 놓아두겠다고, 바람에 나부끼는 치맛자락처럼 그렇게 흔들리겠다고 다짐했다. 그 격정의 끝에 혼자 차갑고 어두운 세계에 내던져진대도 먼데서 이기고 봄은 기어코 돌아올 테니까.

20

낮은 산의 아름다움

○

신경림, 「산에 대하여」

산이라 해서 다 크고 높은 것은 아니다
다 험하고 가파른 것은 아니다
어떤 산은 크고 높은 산 아래
시시덕거리고 웃으며 나지막히 엎드려 있고
또 어떤 산은 험하고 가파른 산자락에서
슬그머니 빠져 동네까지 내려와
부러운 듯 사람 사는 꼴을 구경하고 섰다
그리고는 높은 산을 오르는 사람들에게
순하디순한 길이 되어주기도 하고
남의 눈을 꺼리는 젊은 쌍에게 짐짓
따뜻한 사랑의 숨을 자리가 되어주기도 한다
그래서 낮은 산은 내 이웃이던
간난이네 안방 왕골자리처럼 때에 절고
그 누더기 이불처럼 지린내가 배지만
눈개비나무 찰피나무며 모싯대 개쑥에 덮여
곤줄박이 개개비 휘파람새 노랫소리를
듣는 기쁨은 낮은 산만이 안다
사람들이 서로 미워서 잡아죽일 듯
이빨을 갈고 손톱을 세우다가도
칡넝쿨처럼 머루넝쿨처럼 감기고 어우러지는
사람 사는 재미는 낮은 산만이 안다
사람이 다 크고 잘난 것만이 아니듯

다 외치며 우뚝 서 있는 것이 아니듯
산이라 해서 모두 크고 높은 것은 아니다
모두 흰 구름을 겨드랑이에 끼고
어깨로 바람 맞받아치며 사는 것은 아니다

무작정 짐을 꾸려 산을 찾아가던 날들이 있었다. 사람에게 베인 마음을 산에 기대어 위로받았다. 산을 오를수록 높은 산에 대한 욕망도 자라갔다. 슬픔도 고독도 하얗게 얼려버릴 것만 같은 흰 산을 동경했지만 불현듯 알게 되었다. 몸을 낮춘 낮은 산의 경이로움을.

처음 산을 만난 건 서른 살이 되던 해였다. 이십대의 시간은 종착지를 미처 모른 채 올라탄 기차처럼 막막했다. 서른쯤 되면 인생이라는 길이 뚜렷하게 보일 거라 믿었는데, 삶은 여전히 오리무중이었다. 그해 가을, 혼자 지리산 종주길에 올랐다. 첫 산이었다. 산 아래서는 질풍노도의 시기를 지나고 있었는데 산 위에 오르니 세상이 다 고요했다. 산을 오를 때의 그 순수한 집중의 시간이 좋았다. 묵묵히 발을 옮기다보면 엉킨 실타래 같던 마음이 조금씩 풀렸다. 내 몸이 제 기능을 충분히 해내고 있다는, 내 영혼과 어울리는 장소에 있다는 만족감이 들었다. 사람이 위로해주지 못하는 아픔을 산이 어루만져주었다. 그때부터 마음이 버석거릴 때면 산에 올랐다. 가까운 산이든 먼산이든, 높은 산이든 낮은 산이든 가리지 않았다. 산은 언제나 한결같았지만 매번 다른 얼굴을 보여줬다. 나뭇가지마다 새순이 움트는 봄 산과 비쩍 마른 몸으로 서 있는 겨울 산의 얼굴이 다르고, 맑은 기운이

번지는 청명한 날의 산과 습습하게 비 내리는 날의 젖은 산이 달랐다. 내 마음이 자글자글 끓어오를 때 찾는 산과 심상한 기분으로 찾아간 산의 분위기가 달랐다. 혼자 걸을 때와 함께 오를 때의 산도 달랐다. 어떤 계절에 어떤 마음으로 올라도 산에만 들어서면 평화로워졌다. 산을 오르는 일은 인생의 은유 같았다. 오르막이 있으면 반드시 내리막이 찾아온다는 것도, 아무리 먼길도 한 걸음에서 비롯되고 한 걸음으로 끝난다는 것도, 얼마나 빨리 정상에 올랐느냐가 아니라 그곳까지 다다르는 길의 아름다움을 어떻게 새기느냐가 중요하다는 것도 인생과 닮아 있었다.

세번째로 지리산을 찾은 건 겨울이었다. 식어버린 마음을 되돌리지 못해 어쩔 줄 몰라 하던 날들이었다. 배낭에 초코파이 여섯 개와 두유 세 개를 넣고 화엄사부터 걸어올랐다. 발목까지 푹푹 빠지는 눈길이었다. 잎을 털어내고 맨몸으로 선 겨울 산의 골격은 앙상했지만 결기가 느껴졌다. 거친 바람이 뺨을 때리는데 자꾸 눈물이 흘렀다. 지리산에서 생을 마감했던 고정희 시인을 떠올리며 나도 그렇게 세상을 등질 수 없을까 모진 생각도 했다. 하지만 죽기는커녕 굶을 일조차 생기지 않았다. 산에 들어온 사람들이 나를 그냥두지 않았다. 끼니 때마다 주저앉혀 밥을 나눠줬다. 산에서 내려오던 길, 배낭에는 초코파이 두 개가 남아 있었다. 눈물은 어느새 말라 있었다. 이 산보다 더 높고 깊은 설산에 오르고 싶다는 욕심이 그 산에서 자라났다.

당연하게도 내가 오르지 못할 높이의 산에 오르는 이들에게 끌렸다. 8000미터의 설벽을 산소통도 없이 혼자서 오르는 이의 의지를 존경하게 되었다. 최소한의 도구로 자신의 한계와 맞서는 이들의 금욕적인 태도와 엄격함을 사랑하게 되었다. 나약한 인간이 얼마나 위대한 존재가 될 수 있는지를 산에 오르는 이들이 증명하는 것 같았다. 라인홀트 메스너나 가스통 레뷔파, 조 태스커와 우에무라 나오미, 존 크라카우어 같은 이들이 쓴 글에 탐닉하기도 했다. 여행을 하다가도 등산복을 입은 사람들만 보면 동류처럼 느껴져 혼자 반가워하곤 했다. 낯선 도시에 도착할 때도 산이 보이면 안심이 되었다. 할 수만 있다면 어디든 찾아가 산을 올랐다.

네팔의 히말라야에서는 여섯 달을 보내기도 했다. 에베레스트 베이스캠프로 향하는 겨울 산길에서, 안나푸르나 산을 따라 일주하는 봄길에서, 랑탕과 고사인쿤드의 랄리구라스 꽃이 흐드러진 꽃길에서 더이상 바랄 것이 없다는 깊은 만족감에 자주 몸을 떨었다. 하루 종일 걷고 난 오후, 따뜻한 물에 몸을 씻고 나면 서쪽 능선을 붉게 물들이며 해가 넘어가곤 했다. 책을 펴들고, 차를 마시며 설산과 책장에 번갈아 눈을 두노라면 이렇게 행복해도 되는 걸까 슬며시 불안이 밀려들기도 했다. 내가 아무런 가면도 쓰지 않고 나 자신으로 머물고 있다는 확신. 마음을 어지럽히는 것들이 없는 곳에서의 고요한 몰입. 지치도록 몸을 쓴 후에 몰려드는 적당한 피로감과 꿈도 없는 깊은 잠. 더 많은 것을 갖지 못해 안달하는 내가 아니라 주어지는 것에 감사할 줄 아는 내가 그곳에 있었다. 산에 한 번 오를 때마다 지혜가 하나씩 쌓여갔다. 산은 내가 통제할 수 있는 것과 없는 것을 구별하게 해주었고, 의지가 몸을 이끌지만 때로는 몸이 의지를 만들어낸다는 것을, 발을 떼어보기 전에는 어디까지 오를 수 있는지 알 수 없다는 것을, 아무리 온순한 얼굴을 한 산일지라도 표독스러움을 숨기고 있다는 것을, 산에서는 자신을 스스로 돌보아야 한다는 것을 가르쳐주었다.

그리고 마침내 실패를 통해 배우는 시간이 찾아왔다. 에콰도르의 활화산 코토팍시를 오르던 새벽이었다. 내가 올라야 할 산의 높이는 5978미터. 4850미터 높이의 베이스캠프를 나선 건 자정 무렵이었다. 허리에는 가이드와 나를 연결하는 벨트인 하니스를 차고, 손에는 얼음을 찍는 피켈을 들었다. 몸에 맞지 않는 옷과 신발을 빌려 신고 캠프를 나섰던 그 밤. 두 시간 반 남짓 얼음을 찍어가며 산을 올랐다. 눈을 헤치는 발은 무거웠고 얼음을 찍는 손은 시렸다. 숨이 가빠 자주 멈춰서야 했다. 문득 몸을 돌리자 멀리서 점멸하는 도시의 불빛이 들어왔다. 그 순간, 서러움이 밀려들었다. 그 불빛 속에서 잠자고 있을 이들의 안락한 잠자리가 부러워졌다. 어쩌다가 지구를 반 바퀴 돌아와 이런 곳에서 혼자 설산을 오르고 있는 건지. 정상에 오른다 해도 그곳엔 얼음뿐일 텐데…… 이 모든 고생이 도대체 무슨 의미인 걸까. 스스로 선택한 삶이 갑자기 지긋지긋해졌다. 어서 산을 내려가 따스한 침대에 눕고 싶었다. 분명 더 올라갈 힘이 남아 있었고, 고산병도 없었고, 날씨도 완벽했지만, 산을 내려왔다.

그렇게 어이없는 하산이었기 때문인지 후유증이 오래 남았다. '넌 고작 여기까지인 거야, 끝까지 가보기도 전에 포기하다니, 비겁했어.' 그토록 쉽게 무너진 자신을 납득할 수 없어 괴로웠다. 수능을 치르다가 문제가 어렵다고 도중에 교실을 박차고 나온 기분이랄까. 산

을 오르다 내려온 건 처음이었다. 그동안 산은 내게 묵묵히 한 발 한 발 떼다보면 결국엔 정상에 다다른다는 단순한 진리를 가르쳐줬는데, 그 믿음을 스스로 깬 거였다. 내가 이토록 의지박약한 인간이라는 게 믿기지 않았다. 그 실패는 풀지 못한 숙제처럼 남아 마음을 불편하게 했다. 몇 달이 흐른 후에야 겨우 납득할 수 있었다. 그 미완의 산행은 내게 정상에 올라야만 의미 있는 건 아니라는 사실을 가르쳐줬다는 것을. 인생 그 자체처럼, 산에 오르는 일도 뜻대로 풀리지 않을 수 있고 도중에 내려올 수도 있다는 것을. 이제는 몸이 나이들어가는 만큼 정신도 약해질 수 있다는 것도, 높은 산에 올라야만 더 멋진 풍경을 보게 되는 건 아니라는 것도 알게 되었다.

오래전에 읽었지만 그리 와닿지 않았던 「산에 대하여」가 마음에 들어온 건 그 실패 이후였다. 처음 산을 만난 지 10년 넘게 흐른 후였다. 높은 산에 대한 욕망을 내려놓고 나니 낮은 산의 아름다움이 눈에 들어왔다. 마음과 몸의 과부하 없이 오를 수 있고, 가까이에 있어 언제든 쉽게 찾을 수 있는 낮은 산의 미덕이 그제야 절절해졌다. '사람이 다 크고 잘난 것만이 아니듯, 다 외치며 우뚝 서 있는 것이 아니듯, 산이라 해서 모두 크고 높은 것은 아니'라는 것을 알게 되었다. 사람의 마을에 기대어 선 낮은 산의 편안함이 마흔 넘어서야 다가오다니 매사에 늦된 나다웠다.

21

맨 발 의
무 게

○

문태준, 「맨발」

어물전 개조개 한마리가 움막 같은 몸 바깥으로 맨발을 내밀어 보이고 있다
죽은 부처가 슬피 우는 제자를 위해 관 밖으로 잠깐 발을 내밀어 보이듯이 맨발을 내밀어 보이고 있다
펄과 물속에 오래 잠겨 있어 부르튼 맨발
내가 조문하듯 그 맨발을 건드리자 개조개는
최초의 궁리인 듯 가장 오래하는 궁리인 듯 천천히 발을 거두어갔다
저 속도로 시간도 길도 흘러왔을 것이다
누군가를 만나러 가고 또 헤어져서는 저렇게 천천히 돌아왔을 것이다
늘 맨발이었을 것이다
사랑을 잃고서는 새가 부리를 가슴에 묻고 밤을 견디듯이 맨발을 가슴에 묻고 슬픔을 견디었으리라
아— 하고 집이 울 때
부르튼 맨발로 양식을 탁발하러 거리로 나왔을 것이다
맨발로 하루 종일 길거리에 나섰다가
가난의 냄새가 벌벌벌벌 풍기는 움막 같은 집으로 돌아오면
아— 하고 울던 것들이 배를 채워
저렇게 캄캄하게 울음도 멎었으리라

새벽마다 골목에 나가 서 있던 날들이 있었다. 아직 어둠에 갇힌 도시의 골목 끝에서 기다리고 있으면 곧 주황색 가사를 걸친 스님들

이 걸어나왔다. 오래된 도시만큼이나 나이든 절을 빠져나온 스님들이 어깨에 비스듬히 공양 바구니를 메고 골목을 돌았다. 맨발의 스님들이 침묵 속에서 한 줄로 걸어가면 어스름한 새벽 풍경에 생기가 돌았다. 단정히 차려입은 여자들이 무릎을 꿇고 앉아 있다가 스님들이 다가오면 살짝 몸을 세워 일어났다. 여자들은 갓 찐 찰밥을 조금씩 떼어 스님의 공양 바구니로 밀어넣었다. 말은 한마디도 오가지 않았고, 손끝을 스치는 일조차 없었다. 일용할 양식을 구한 스님들은 처음 모습 그대로 골목을 돌아 절간으로 사라져갔다. 메콩 강을 넘어온 붉은 해가 금빛 햇살을 뿌렸다. 사라지는 스님들의 뒷모습을 바라보고 서서 찰밥 한 덩이에 담긴 염원과 맨발에 실린 삶의 무게를 헤아려보곤 했다. 평생을 탁발하며 살아가야 하는 스님의 삶과 평생을 집밖에서 밥을 벌어야 하는 내 삶이 그리 다를 것 없다는 생각에 슬며시 위로받기도 했다. 조금씩 깨어나는 도시의 중심가를 걸어 숙소로 돌아가는 길이면 어쩐지 내 삶도 조금은 성스러워진 것 같았다. 이제는 찾아오는 이들이 너무 많아져 그 고요한 엄숙함이 깨져버린, 추억으로만 돌아갈 수 있는 라오스의 새벽 풍경이었다. 십수 년 전, 그 도시에 보름을 머무는 동안 새벽마다 그렇게 탁발을 지켜보며 위로받았다. 하루를 살 최소한의 양식을 구하기 위해 새벽마다 맨발로 도시를 걷는 스님들의 야윈 등을 떠올리면서 타인에게 한 목숨 의지하는 일에 대해, 죽는 순간까지 탁발을 이어가야 하는 가난하지만 깨끗한 삶에 대해 생각하곤 했다.

그런 생각은 나를 「맨발」로 불러들인다. 시인은 어물전에서 마주

친 개조개 한 마리를 들여다본다. 개조개의 발은 평생 맨발의 고행자로 살며 탁발을 이끌었던 부처의 죽음으로 이어진다. 병상에 누워 임종하다가 늦게 온 제자를 생각해 발을 내밀고 마는, 마지막 순간까지 제자의 고통을 헤아리는 그 모습과 모든 것을 덧없는 고통에 불과하다고 설파한 그의 삶은 얼마나 모순되는가. 그 모순은 아비의 마음과 어미의 손길을 숨기지 못해 아름답고 처연하다. 움츠러드는 개조개의 발에 머문 시인의 수굿하고 깊은 시선은 개조개가 흘러온 속도에 가닿는다. 누군가를 만나고, 헤어지고, 거리에서 양식을 구하고, 집으로 돌아오는 모든 길을 그저 순리대로 흘러왔을 느릿느릿한 속도. 어쩌면 개조개는 저 '가난의 냄새가 벌벌벌벌 풍기는' 집에서 기다리는 이들 때문에, 그들이 제 어깨에 드리운 삶의 무게 때문에 그렇듯 천천히 걸을 수밖에 없는 건 아니었을까. 가족이 있든 없든 모든 생명에게 산다는 것은 결국 '맨발을 가슴에 묻고 슬픔을 견디'는 일과 다름아니다. 삶의 비린내를 맡으며 긁히고 찢긴 발로 마지막 순간까지 걸어가는 것, 속수무책으로 살아내야만 하는 것이 모든 존재의 운명이다. 차별 없는 그 고단함은 서럽다거나 막막하다기보다 기꺼이 감당할 만한 고단함이라고 시인은 말하는 듯하다. 맨발의 탁발을 견디게 하고 매번 집으로 기어이 돌아오게 만드는 무언가가 있기에.

그렇게 존재하다가 스러지는 모든 것들을 향해 시인은 가만히 이름을 부른다. 이 시가 실린 시집 『맨발』에는 그렇게 그가 이름 불러준 산수유나무와 붉은 벌레와 따오기와 반딧불이와 흰 자두꽃 같은 것들이 가득하다. 작고 하찮은 것들에 가닿는 시인의 물기 가득한 시선이 '뼬 같은 그리움'을 풀어낸다. 짖지도 않고 느릿느릿 다가와 종아리에 슬쩍 볼을 부비는 늙은 개처럼 애틋한 언어다.

이 시를 읽다보면 이런 장면이 떠오르곤 한다. 피곤에 절은 남편의 발을 씻겨주는 아내의 손이나 술에 취해 쓰러진 아버지의 양말을 벗기는 아이의 손 같은, 하루치의 피로와 굴욕이 쌓인 발의 양말을 벗기거나 따뜻한 물에 발을 씻겨주는 그 순간. 그것은 그의 발에 실린 삶의 무게를 조금이나마 덜어주는 건지도 모른다. 발을 어루만지는 일은 그렇게 한 사람이 더듬어온 생의 길을 품는 게 아닐까. 길에서 만나 사랑하게 되었던 남자가 나의 발을 가만히 들여다보면서 말했다. 걷지 않으면 곧 거꾸러질 것 같던 시간과 마음이 여기 남아 있다고, 그래서 내 발은 아리다고. 어떤 이의 맨발을 보고 하염없이 가여워졌다면 그 남자는 분명 그 여자를 사랑하는 거라던 사람이었다. 잠든 내 발을 가만가만 쓰다듬어주던 사람이었다. 이야기를 나누거나 쉴 때도 발을 주물러주던 사람이었다. 그는 사랑한다는 말을 가장 많이 한 남자로서가 아니라, 땀내나는 내 발을 가장 오래 어루만져준 사람으로 남아 있다. 입을 맞추거나 가슴을 포개어 끌어안는 것보다 발을 쓰다듬는 행위가 더 애틋할 수 있다는 것을 그를 통해 알게 되었다.

그를 만난 이후에야 내 발이 더 사랑스러워졌다. 울퉁불퉁 튀어나오고 굳은살이 박인 225밀리미터의 발. 오래 걸을 때면 물집 몇 개는 달고 다니고, 여행을 마치고 돌아오면 양쪽 엄지발톱이 까맣게 죽어 있는 발. 빈말로도 예쁘다고 할 수는 없지만 내가 부지런히 세상을 건너왔음을 말없이 증거하는 발. 그의 말대로 어쩌면 나는 어떤 시기의 절박함을, 걷지 않으면 죽을 것 같던 간절함을 발에 새긴 건지도 모른다. 이곳이 아닌 저곳에서 답을 찾고자 했던 조급한 희망과 이 좁은 땅이 아닌 더 넓은 세상을 향하던 무한한 욕망을 발에 실은 채 밖을 떠돌았다. 그때나 지금이나 배낭을 메고 밖으로 나가 발바닥이 부르트도록 걷는 것만이 나를 살게 했다.

그렇게 걸어오는 동안 세상의 무수한 맨발의 아이들과 만났다. 코끼리의 발처럼 단단하고, 오래 쓴 사기그릇처럼 갈라진 맨발들. 그 아이들의 뒤꿈치를 들여다보노라면 슬픔이 밀려왔다. 하지만 나는 나를 사랑했던 남자처럼 그 발을 어루만져주지 못했다. 그저 바라만 보았을 뿐. 정작 아이들은 아무렇지 않은 듯 맨발로 뛰어다녔다. 신발이 없다고 주저앉아 울기보다는 맨발로 들판을 가로지르고, 강물로 뛰어들고, 산을 올랐다. 대지의 기운을 제 발바닥에 꾹꾹 눌러 담았다. 때로는 가장 단순한 감각이 삶의 진실을 드러낸다. 아이들의 맨발로 전해졌을 아스팔트길의 딱딱한 냉기, 날카로운 풀이나 나뭇가지에 찔려 따끔거리는 감촉. 그 아이들의 남루한 일상은 발바닥으로 제일 먼저 감지될 것이다. 동시에 등산화를 신은 내가 느끼지 못하는 것들을 그 아이들은 맨발로 만끽했다. 비 온 후 젖은 흙의 말캉한 부드러움이나 마른풀들의 바삭거림, 바닷가 모래알의 매끄러움을 고스란히 제 것으로 삼았다. 대지와 더불어 호흡하는 일의 즐거움을 그 아이들은 깨달았을 것이다. 부디 그런 충만한 기억만이 아이들의 맨발에 가득 새겨지기를, 그 기억에 기대어 아이들이 세상의 벽을 넘어서기를 빌었다. 아이들이 걸어가야 할 고단한 삶의 길이 저만의 운명이라고 느끼지는 않기를 바랐다.

지금 이 순간에도 하루의 양식을 벌기 위해 종일 길거리에 서 있다가 가난한 움막으로 돌아오는 맨발의 어른과 아이들이 세상의 골목골목을 채우고 있다. 사랑하는 이를 먼저 보내고 돌아오는 이의 지친 맨발이, 첫 직장으로 향하는 설렘을 안고 달려가는 맨발이, 아무리 애써도 늘어만 가는 빚 때문에 무겁기만 한 맨발이 있을 것이다. 카트를 미는 오십대의 계산원이 있을 것이며, 거리에 나앉은 아이 잃은 아버지가 있을 것이며, 총을 드는 사막의 소년들이 있을 것이다. 바들바들 떨며 차가운 세상을 건너가고 있을 모든 맨발에 나의 맨발을 가만히 포갠다. 시인의 개조개처럼, 그렇게 우리도 울음을 멎게 만드는 저마다의 그 무언가에 기대어 이 세상을 느릿느릿 걸어가기를. 마지막 순간까지 포기하지 말고 절망도 하지 않으면서.

22

폐허를 응시하는 시선

○

허수경, 「청년과 함께 이 저녁」

가지에 깃드는 이 저녁
고요한 색시 같은 잎새는 바람이 몸이 됩니다
살금살금, 바람이 짚어내는 저 잎맥도
시간을 견뎌내느라 한 잎새에 여러 그늘을 만드는데
그러나 여러 그늘이 다시 한 잎새 되어
저녁의 그물 위로 순하게 몸을 주네요
나무 아래 멈춰서서 바라보면 어느새 제 속의 그대는
청년이 되어 늙은 마음의 애달픈 물음 속으로
들어와 황혼의 손으로 악수를 청하는데요
한 사람이 한 사랑을 스칠 때
한 사랑이 또, 한 사람을 흔들고 갈 때
터진 곳 꿰맨 자리가 아무리 순해도 속으로
상처는 해마다 겉잎과 속잎을 번갈아내며
울울한 나무 그늘이 될 만큼
깊이 아팠는데요

그러나 그럴 연해서 서로에게 기대면서 견디어내면서 둘 사이의 고요로만 수수로울 수는 없는 것을, 한 떨림으로 한세월 버티어내고 버티어낸 한세월이 무장무장 큰 떨림으로 저녁을 부려놓고 갈 때 멀리 집 잃은 개의 짖는 소리조차 마음의 집 뒤란에 머위잎을 자라게 하거늘 나 또한 애처로운 저 개를 데리고 한때의 저녁 속으로 당신을 남겨두고 그대, 내 늙음 속으로 슬픈 악수를 청하던 그때를 남겨두고 사라지려 합니다. 청년과 함께 이 저녁 슬금슬금 산책이 오래 아프게 할 이 저녁

밤이 이슥하도록 혼자 걷던 날들이 있었다. 지친 마음으로 검은 밤의 얼굴을 더듬듯 걸어다니던 날들이었다. 그렇게 겨울을 보내고, 봄을 지나 여름을 앞두고 있는데도 심장이 뚫린 것처럼 허전했다. 스스로 자초한 이별이었는데, 빈자리가 만든 구멍이 크고 깊었다. 아무리 들여다봐도 바닥이 보이지 않았다. 달아나기라도 해야겠다 싶어 비행기표를 알아보다 눈이 몽골에 가닿았다. 더 넓은 세상을 보겠다고 집을 뛰쳐나온 나였기에 유목하며 사는 이들의 삶을 들여다보고 싶었던 걸까. 집을 짓지 않고 평생 떠도는 이들을 만나 그 삶을 배우고 싶었던 걸까. 한 번 헤어진 자리에도 이토록 깊은 상흔이 파이는데 그들은 어떻게 매번 이별하며 살아가는지를 묻고 싶었나보다.

하늘에서 내려다본 울란바토르는 도무지 한 나라의 수도로는 보이지 않았다. 둥글고 하얀 천막 게르가 언뜻언뜻 보이고, 낮은 아파트들이 한쪽으로 몰려 있고, 야트막한 산이 작은 도시를 감싸고 늘어서 있으며, 초원이 끝없이 펼쳐져 있었다. 쪽빛 하늘이 아득하도록 높았고, 햇살이 거침없이 몸으로 들어와 꽂혔다. 그날 밤 내가 머문 숙소도 게르였다. 게르 앞에 나와 하늘을 올려다보니 별무리가 빼곡했다. 주변에 불빛이라곤 없었다. 모든 소음과 인위적인 조명이 사라진 밤

의 세계가 거기 있었다. “여기서 나는 행복하다. 누구도 나를 모르고, 아무도 과거를 묻지 않고, 모든 관계가 새로 시작된다. 이곳에 나를 괴롭히는 건 아무것도 없다.” 그날 밤, 일기장에 그렇게 적었다.

같은 숙소에 머무는 사람들을 모아 북부의 홉스굴 호수로 가는 열흘간의 여정을 꾸렸다. 러시아 지프차를 빌려 타고 가다가 마음이 내키는 곳에 텐트를 치고, 돌아가며 밥을 지어 먹고, 별무리 속에서 잠이 들고, 아침이 오면 천천히 길을 떠났다. 나무가 없는 곳에서는 마른 소똥을 주워 모아 불을 피웠다. 물가에 텐트를 치고 있으면 마을 남자가 강에서 잡은 생선을 들고 와 건네기도 했다. 일생에 몇 번이나 볼 수 있을까 싶은 일몰이 눈앞에서 하늘을 붉게 태우며 번져가곤 했다. 모닥불 주변에 둘러앉아 하늘의 별을 세던 밤, 그 넓은 초원에는 우리뿐이었고 몇만 년의 세월을 건너온 먼 과거의 별빛뿐이었다. 평생에 볼 별똥별의 대부분을 그곳에서 보았던 것 같다.

낮이면 초원 위에 흰 점처럼 자리한 게르에 들렀다. 1년에 몇 번씩 가축을 먹일 풀과 물을 찾아 이동하는 유목민들에게—몽골 인구 중 절반이 여전히 유목생활을 하고 있었다—게르는 없어서는 안 될 필수품이었다. 조립과 해체가 간단하고, 견고한 데다 가격도 저렴했다. 수레에 게르를 접어넣고 가다가 풀이 넉넉한 초원에 다다르면 게르를 펼쳐 세웠다. 집을 허물고 새로 짓는 데 고작 두세 시간이 걸렸다. 게르마다 구조는 같았다. 왼쪽에는 말의 안장과 아이락(가축의 젖으로 만든 전통주)을 담은 가죽 부대가 놓여 있고 오른쪽에는 조리도구와 물통이 있었다. 왼쪽은 남자들의 공간, 오른쪽은 여자들의 공간인

셈이었다. 살림살이는 단순했고, 꼭 필요한 것들만 자리를 차지했다. 이토록 단출하게 평생을 살아갈 수 있다니. 그곳에선 좋아하지도 않는 사람들에게 인정받기 위해 쓰지도 않을 물건을 사들이거나 하고 싶지 않은 일을 하며 살아가지 않았다. 스마트폰이나 인터넷이 세상을 점령하기 전이었다. 게르 앞에 말 대신 오토바이가 서 있는 모습이 이제 막 보일 무렵이었으니. 그 여행에 폴라로이드 카메라를 챙겨갔는데, 사진기를 꺼내면 온 동네 사람들이 다투듯 모여들었다. 촌장쯤으로 보이는 나이가 지긋한 부부가 맨 앞 의자에 앉고, 여자들은 옷을 갈아입으랴, 머리를 빗으랴, 멀리서 놀고 있는 아이들 불러오랴 정신이 하나도 없었다. 사진을 나눠주고 떠날 무렵이면 여자들이 치즈나 요구르트 같은 것들을 넉넉히 담아줬다.

비가 그치고 나면 초원 너머로 쌍무지개가 떠오르곤 했다. 공기가 깨끗해서일까. 색이 진하고 선이 뚜렷한 무지개였다. 북쪽 끝까지 달려 홉스굴 국립공원에 들어섰을 때 우리는 한동안 아무 말도 못했다. 그저 여기까지 오기를 참 잘했구나 싶었다. 수정처럼 맑은 호수가 바다처럼 아득하게 뻗어 있었다. 한 번도 인간의 손길이 닿지 않은 것만 같았다. 푸른 물이 뚝뚝 떨어질 것 같은 하늘. 솜사탕을 주욱 찢어 펼쳐놓은 듯한 흰구름들. 햇살에 부서지는 투명한 물결. 호수는 하늘과 몸을 섞어 대기와 지상의 경계를 지우고 있었다. 아침에 눈을 뜨면 밤새 내린 비로 사방이 젖어 있었다. 숨을 들이마시면 말갛게 씻긴 풀향기가 싱그럽게 밀려들었다. 낮에는 동네 청년이 몰고 온 말을 빌려 타고 호수를 돌았다. 해가 지고 나면 광활한 어둠 속으로 침묵이 스며

들었다. 지상을 비추는 유일한 빛은 밤하늘의 별빛뿐. 잠들기가 아까웠다, 그곳에서는.

홉스굴에서 돌아와 울란바토르에서 며칠을 쉰 후 고비 사막으로 향했다. 북쪽과 남쪽의 풍경은 달랐다. 산도 나무도 품지 못한 황량한 벌판이 이어졌다. 동서남북 어디나 사방이 트인 지평선이 따라왔다. 산과 빌딩에 가로막힌 나라에서 살아온 내게 거칠 것 없이 탁 트인 벌판은 경이롭기만 했다. 새벽에 눈을 떠 텐트 밖으로 나가면 보라색으로 물든 하늘이 지평선 너머로 펼쳐져 있었다. 누군가 도라지꽃을 짓이겨 하늘에 대고 휙 뿌려놓은 것 같았다. 사막을 지나가다 우물을 발견하면 차를 세우고 빈 통에 물을 담았다. 물통의 물은 얼마 지나지 않아 끓인 물처럼 뜨거워지곤 했다. 사막에서 가장 귀한 것은 차가운 물이었다.

사막에서의 마지막 밤. 해돋이를 보기 위해 걸었다. 고비 사막에서 가장 크고 높은 모래언덕에 올랐다. 모래언덕 꼭대기에서 사막의 하늘을 온통 붉은빛으로 물들이며 떠오른 해를 만났다. 그 너머로 부드러운 선을 그리며 이어진 모래언덕과 선명한 푸른빛 휘장을 드리운 듯한 하늘, 멀리서 풀을 뜯는 말과 낙타…… 이 세상이 아닌 것만 같은 풍경을 보고 돌아오는 길, 길을 잃었다. 태양은 점점 뜨거워지고 이마에는 땀방울이 맺혔다. 입안이 바싹 말라갔다. 물 없이 이 뜨거운 사막에서 얼마나 오래 버틸 수 있을까? 그 많던 게르는 다 어디로 갔을까? 이렇게 죽는 건 아니겠지. 두려움 속에서 꼬박 일곱 시간을 걷고 난 후 겨우 일행을 찾아냈다. 그 순간, 눈물이 솟았다. 한동안 잠들기 전 울지 않은 날이 없었는데, 몽골에 온 이후 한 번도 울지 않았다는 걸 깨달았다. 이십대를 온전히 함께했던 사람을 떠나보내니 한 시대가 내 앞에서 무너져버린 것 같았다. 그랬는데 어느새 한 사람의 부재에 익숙해지고 있었다. 익숙해지는 만큼 일상이 가벼워지고 있었다. 나는 눈물을 닦으며 사막을 떠났다.

멀어지는 풍경 너머로 낙타를 끌고 이동하는 유목민들이 보였다. 그들의 뒷모습이 어쩐지 쓸쓸해 보였다. 그들이 그토록 우리를 환대했던 건 외로웠기 때문이 아니었을까. 미련 없이 삶의 터전을 바꾸는 것 같지만 실은 만남과 헤어짐을 어쩔 수 없는 숙명으로 안고 살아가는 게 아니었을까. 어떤 길을 선택한대도 그 길에서 외로울 수밖에 없다는 것을 그제야 어렴풋이 짐작할 수 있었다.

몽골을 여행하는 내내, 울란바토르의 카페에서도, 홉스굴의 호숫가에서도, 고비 사막에서도 틈이 날 때마다 『혼자 가는 먼 집』을 펴들었다. 서른의 여름을 맞아 혼자가 된 나를 위한 비망록 같았다. 모든 것을 태워버릴 듯 타오르던 열정이 식은 후의 폐허를 응시하는 처연한 시선이 나를 위로했다. 사랑이 지나간 후의 서럽고 애처롭고 가엾고 쓰리던 시절을 울 수 있어 차라리 따뜻했다고 말하는 이였다. 우리가 한때 몰두하는 아름다운 것들, 꼭 쥐려고 하다 깨뜨려버린 것들을 바라보는 허무한 시선이 나를 사로잡았다. 그렇게 사라져버린 것들을 향한 마음 때문에 '소멸해버린 과거 이야기'를 찾아 그녀는 고고학을 공부하는 것일까. 통째로 그 시집을 내 안에 새겨넣고 싶었다.

내 서른 살의 시집을 고르라면 망설이지 않고 이 책을 고를 것이다. 그중에서도 나는 이 시 「청년과 함께 이 저녁」을 가장 사랑했다. '한 사람이 한 사랑을 스칠 때 한 사랑이 또, 한 사람을 흔들고 갈 때 터진 곳 꿰맨 자리가 아무리 순해도 속으로 상처는 해마다 겉잎과 속잎을 번갈아내며 울울한 나무 그늘이 될 만큼 깊이 아'플 수밖에 없다고, 속삭이듯 낮은 목소리로 말하는 시였다. 견고한 확신과 설부른 희망의 목소리가 아닌 흔들리는 불안과 무거운 체념의 목소리, 다 늙어버린 여자의 시선이었다. 사랑이 끝난 후 많이도 늙어버린 것 같고, 세상의 이치를 다 알아버린 것 같은 그런 시간을 우리도 건너오지 않았던가. 한 마음이 누군가의 마음을 빠져나와 다른 마음에게로 가는 일은 그녀에게도 나에게도 '설명할 수 없는 세상의 일들'이라 그저 속수무책으로 당할 수밖에 없다. 그러니 그토록 가벼운 마음에 의지해 한 사람을 사랑한다는 일은 상처를 자처하는 일이나 다름없다. 그 비관주의적 사고에 붙들리는 건 그러면서도 상처가 쌓이고 쌓여 해마다 울울창창해져서 마침내 그늘 깊은 나무가 된다고 희미하게나마 낙관하기 때문이었다. '잊혀진 상처의 늙은 자리'를 아프면서도 환하다고 이야기하는 시인의 마음이 따사로워서였다. 한 번의 사랑이 지나갈 때마다, 면역도 되지 않아 매번 처음과 같은 아픔을 다시 앓을 때마다 이 시집을 펼쳐들고 시인의 슬픔에 기댈 것이다. '한 슬픔이 문을 닫으면 또 한 슬픔이 문을 여는 것'이 삶에 다름아님을 나도 알게 되었지만, 그럼에도 불구하고 사랑하는 마음만은 지키고 싶다.

몽골의 초원에 누워 이 시를 읽으며 보냈던 밤들이 지나고 서울로 돌아왔더니 어느새 여름이 끝을 향해가고 있었다. 몇 번의 계절이 바뀌는 동안 함께했던 그 모든 저녁 산책의 기억이 희미해지고 있었다. 모든 곳을 고향처럼 여기며 살아갈 정거장 같은 삶이 나를 기다리고 있었다. 사랑을 잃고 조금 늙어버린 나는 기억 속에 영원히 청년으로 남을 한 남자에게 그제야 슬픈 악수를 청했다.

23

자기 안의 감옥

○

나짐 히크메트, 「9-10pm. Poem」

가장 아름다운 바다는

　　아직 건너지 못했어요.

가장 아름다운 아이는

　　아직 자라지 않았어요.

가장 아름다운 날들은

　　아직 나타나지 않았어요.

그리고 내가 당신에게 해주고 싶은 가장 아름다운 말은

　　아직 말하지 못했어요.

그 아름다운 것들은 우리를 수인囚人으로 삼지요.

우리를 가두어둡니다 :

　　나는 벽 안에,

　　　당신은 벽 밖에.

하지만 그런 것은 아무것도 아닙니다.

가장 나쁜 일이 있다면

사람들이—알든 모르든—

자기 안에 감옥을 지니고 다닌다는 것입니다……

대부분의 사람들이 이것을 강요받아왔지요.

당신을 향한 내 사랑 같은, 그런 사랑을 받을 만한

정직하고 열심히 일하는 그 착한 사람들이.

20년 전 가을, 이스라엘을 여행하고 있었다. 이슬람교와 유대교와 기독교의 성지 예루살렘의 공기는 무거웠다. 돈과 힘을 가진 이들이 점령한 땅에서 살아가는 가난한 이들의 무력한 일상은 이방인의 눈에도 선명하게 보였다. 그 무렵 이스라엘이 팔레스타인의 성지 알아크사 사원 옆을 관통하는 출입구를 개통했고, 무력충돌이 발생했다. 양쪽 모두 무기를 들고 있었지만 힘의 균형은 어디에도 없었다. 최신식 무기로 무장하고 박해하는 쪽과 돌을 들고 박해에 맞서는 쪽이 있었을 뿐. 매일 밤 들려오는 총성이 요란해질수록 떠나는 여행자들도 늘어났다. 숙소로 돌아가는 골목길에서 투석전이 벌어질 때면 팔레스타인 청년들이 늘 숙소까지 호위를 해줬다. 그들은 늘 웃는 얼굴이었다. 명백히 지는 싸움을 벌이면서도 이방인을 걱정할 만큼 여유가 있었다. 나를 친구라 부르고, 오렌지 하나를 사도 한 개를 더 얹어주었다. 더이상 빼앗길 것도 없는 삶이었는데, 여전히 그들은 이방인에게 나누어줄 무언가를 가지고 있었다. 반면 거리에서 마주치는 이스라엘 사람들은 표정이 굳어 있었고, 태도는 딱딱했다. 말을 걸어도 그 표정은 풀리지 않았다. 낯선 이를 호기심으로 환대하기보다 긴장 어린 의심이 먼저 돌아왔다. 이스라엘인들도 느꼈던 걸까? 타인의 삶을 초토화시키며 꾸려가는 그들의 삶 역시 불안정할 수밖에 없다는 것을. 감시와 검문, 체포와 전투, 감옥과 적, 이런 단어들에 포위된 일상을 살아가는 이스라엘인들의 태도는 경직되어 있었고 눈이 마주쳐도 잘 웃지 않았다.

이스라엘은 그 태생부터 정의롭지 못했다. 중동에 대한 지배권을 놓지 않으려던 영국 그리고 나치의 유대인 학살에 대해 면책권을 받고 싶었던 국제 사회가 타협해 만들어낸 나라였으니. 이스라엘은 국제법상 팔레스타인 영토로 합의된 곳조차 무단 점령하고 8미터 높이의 분리 장벽을 세워 팔레스타인인들의 일상을 감옥에 갇힌 삶으로 만들어갔다. 그들의 확고한 신념이 내게는 낯설기만 했다. 여행하면서는 정치와 종교 이야기를 해서는 안 된다는 규칙을 번번이 어기며 이스라엘 청년들과 대화를 시도할 때면 거대한 장벽이 느껴졌다. 그들에게 팔레스타인인들은 자신들의 안전을 위협하는 테러리스트일 뿐이고, 자신들의 군사 행동은 스스로의 삶을 지키기 위한 정당방위에 불과했다. 누구도 자신의 안전을 이유로 타인의 일상을 장벽 안에 가둘 권리는 없다는 것을 그들은 인정하지 않았다. 두려움의 벽, 맹목적인 신앙의 벽에 갇혀 그들은 자신의 얼굴을 제대로 인지하지 못했다. 반세기 전 대학살을 겪은 민족이 그 공포와 증오를 타민족에게 대물림하는 비극이라니. 인간이라는 불완전한 존재의 한계를 보여주는 완벽한 증거 같았다. 오래전 그들의 조상이 십자가에 매달았던 유대인 청년의 기도가 생각났다. "저들의 죄를 사하여주소서. 그들은 자신들이 하고 있는 일을 모르나이다."

10년의 세월이 흘러 다시 찾은 중동 지역은 팔레스타인에서 건너온 난민으로 가득했다. 그사이 이스라엘이 점령한 땅에서는 복제를 무한히 반복하는 생명체처럼 장벽이 늘어만 갔다. 이스라엘은 이미 팔레스타인 땅을 80퍼센트 가까이 점령한 상태였다. 장벽이 길어지는 만큼 그 땅에서 쫓겨나는 팔레스타인 사람들도 증가했다. 조상 대대로 살아온 집과 땅을 빼앗긴 채 하루아침에 쫓겨난 그들은 시리아와 레바논, 요르단 같은 남의 땅을 떠돌며 난민으로 살아가고 있었다. 언젠가 돌아가리라는 희망은 잃은 지 오래였다. 희망이 사라진 자리에 절망이 들풀처럼 번져갔다. 절망을 먹고 자란 소년들이 온몸에 다이너마이트를 두르고 적진으로 뛰어들었다. "테러리스트는 절망 때문에 만들어진다. 보다 정확히 말하면, 테러는 어떤 초월의 길이자, 스스로의 목숨을 바쳐 절망을 온전히 이해하는 길이라 할 수 있다"라고 말한 건 존 버거였다. 제 목숨을 내놓는 저항은 아직 그들이 살아 있음을 증명하는 유일한 방법이기도 했다. 소년에게 증오와 폭력을 가르치는 어른의 무력함에는 결코 동의할 수 없었지만, 이들에게 명예가 사라진 삶이 어떤 의미인지는 상상할 수 있을 것 같았다. 아랍인들은 명예를 가장 중요한 덕목으로 여긴다. 손님을 극진히 대접하는 것도 명예를 중시하는 문화에서 비롯되었고, 가족의 명예를 더럽혔다는 이유로 여성을 살해하는 끔찍한 악습도 명예에 대한 집착 때문이었다. 그런 이들에게 하루하루를 죄수처럼 감시와 통제 속에서 살아가야 한다는 것은 얼마나 모욕적일까. 아버지의 드높은 명예가, 여인의 내밀한 명예가, 소년의 수줍은 명예가 하루에도 몇 번씩 짓밟히는 일상에서 그들은 무엇에 기댈 수 있을까. 그들은 반세기가 넘는 세월을 그렇게 살아오고 있었다.

레바논의 팔레스타인 난민 캠프에서 만난 청년 아이만의 아버지도 그렇게 살아온 사람이었다. 그가 여섯 살일 때 팔레스타인 땅에 이스라엘이 수립되었고, 집과 땅을 잃은 그의 가족은 국경을 넘어 레바논

땅까지 밀려왔다. 50년 넘게 난민 캠프를 전전한 그가 고향에 돌아갈 가능성은 없었다. 일생을 집도 없이, 안정된 직업도 없이, 조국도 없이 떠돈 남자의 눈빛에는 깊은 슬픔이 서려 있었다. 미래를 꿈꾸기 힘든 삶에도 사랑이 찾아오고, 그 사랑을 희망의 깃발로 삼아 가정을 이루고, 아이를 낳고, 사람들은 살아가고 있었다. 레바논에는 시민권조차 없이 난민의 처지로 살아가는 삼십오만 명의 팔레스타인 사람들이 있었다. 난민 캠프의 좁고 지저분한 골목 주변으로 전선줄들이 뒤엉켜 있었고 폭격에 부서진 건물들이 방치된 채 남아 있었다. 아이들은 카메라를 든 내 앞으로 뛰어들며 웃었고, 여자들은 다정한 미소를 건넸다. 아이만의 아버지는 나를 집으로 불러들여 차를 대접했다. 팔레스타인 땅에서 만났던 이들처럼 이곳의 가난한 이웃들도 나에게 손을 내밀었다.

이스라엘과 팔레스타인 땅을 거쳐 중동 지역을 여행하는 동안 그간 배워온 역사에 대해 한 번도 의심하지 않았던 스스로가 부끄러웠다. 내가 쌓아온 이슬람 세계에 대한 지식은 그 반대편 세계가 만들어놓은 일방적인 시각을 토대로 했다. 승자의 시선으로 쓰인 승자의 이야기였다. 나는 아무런 의심도 없이 그 이야기를 받아들였다. 장벽은 예루살렘과 가자와 서안 지구에만 세워지고 있는 게 아니었다. 내 안에도 장벽은 있었다. 이슬람 세계 하면 여성에 대한 억압과 테러리즘, 이런 단어가 먼저 떠올랐다. 십자군 전쟁에 맞서 싸웠던 술탄 살라딘이 기독교인 포로를 풀어주고 종교적 적개심에 의한 학살을 금지했다는 '살라딘의 관용'에 대해 알지 못했고, 이슬람 세계의 유구

한 역사와 찬란한 문명에 대해서도 무지했다. 이스라엘을 여행하면서야 처음으로 이스라엘 반대편 세계에 대해서도 질문을 던지기 시작했다. 팔레스타인 사람들의 목소리로 그들의 이야기를 듣고 싶다는 갈망이 생겨났다. 내 안의 장벽을 부수고 싶었다. 그럴 때면 나짐 히크메트의 시가 떠올랐다. 정직하고 열심히 일하는 아름다운 사람들이 자기 안에 감옥을 지닌다고 했던 시인. 나에게 이 시는 한나 아렌트의 『예루살렘의 아이히만』과 자연스레 이어졌다. 대부분의 나치 전범들이 성실하고 착한 사람들이었다는 사실로 드러내는 '악의 평범성'. 나짐이 이야기하는 평범하고 사랑스러운 개인들 안의 감옥은 한나 아렌트의 그 시선과 맞닿아 있었다.

나짐 히크메트를 알게 된 건, 팔레스타인 사태에 관해 내가 아는 한 가장 아름다운 정치적 산문을 쓴 존 버거 덕분이었다. 존 버거는 『모든 것을 소중히 하라』에서 나짐 히크메트에게 보내는 편지의 형식으로 그를 불러왔다. 담백한 슬픔을 머금은 글로 모습을 드러낸 나짐 히크메트는 혁명적 낙관주의자였다. 정의롭고 평등한 세상을 꿈꾸는 이상주의자였다. 그는 20세기 초반에 터키인들이 자행한 아르메니아인 대학살을 공개적으로 비판했던 유일한 터키 출신의 시인이었다. 50년 짧은 인생 중 17년을 감옥에서 보낸 그는 평생을 공산주의자로 살았다. 잘 알려진 시 「진정한 여행」의 한 구절처럼 무엇을 해야 할지 더이상 알 수 없을 때 비로소 진정한 무언가를 할 수 있다며 마지막 순간까지 희망을 포기하지 않았던 시인이었다. 그의 시를 더 읽고도,

그의 삶을 더 알고도 싶었지만 국내에 번역된 그의 시는 몇 편 되지 않았다. 이슬람 세계를 향한 또다른 장벽과 마주한 기분이 들었다. 우리가 쌓은 무관심의 장벽은 얼마나 더 오랜 시간이 흘러야 무너질까.

죽은 시인은 말이 없었고, 싸우는 이들도 입이 무거웠다. 답 없는 질문만 품은 채 나는 중동을 떠났고, 그 땅은 이제 여행조차 불가능해져버렸다.

24

인간이 만든 선의 의미

○

비스와바 쉼보르스카, 「시편」

오, 인간이 만들어낸 국경선은 얼마나 부실하고, 견고하지 못한지요!
얼마나 많은 구름이 그 위로 아무런 제약 없이 유유히 흘러가고 있는지,
얼마나 많은 사막의 모래 알갱이들이 한 나라에서 또다른 나라로 흩날리고 있는지,
얼마나 많은 산속의 조약돌들이 생기 있게 펄쩍펄쩍 뛰어오르며 낯선 토양을 향해 굴러가고 있는지.

열을 지어 나르거나 혹은 국경선의 바리케이드 위에 내려앉은 새들의 이름을
여기서 내가 굳이 일일이 언급할 필요가 있나요?
뭐, 그냥 평범한 참새라고 칩시다—그 참새의 꼬리는 이미 이웃나라에 속해 있겠죠.
부리는 아직 이쪽을 향하고 있지만.
게다가 가만있지 않고, 몸을 까딱까딱 흔들고 있다면 어떻게 할까요?

무수히 많은 벌레들 중에 개미 한 마리를 예로 듭시다.
국경 수비대의 오른쪽 신발과 왼쪽 신발 사이에 놓인 그 개미는
어디로 가는 중인지, 어디서 왔는지, 대답을 못하고 우물쭈물할 거예요.

각 대륙에 산재한 모든 혼란과 무질서를
한눈에 속속들이 정확하게 파악할 필요가 있습니다.
강물에 떠다니는 수천만 개의 잎사귀들 중에
반대편 해변에서 은밀히 떠내려온 쥐똥나무 잎이 섞여 있을 수도 있으니까요.
뻔뻔스러우리만치 기다란 다리를 가진 문어가 그 발을 뻗어
바다 속 신성한 구역을 함부로 휘저어놓을 수도 있으니까요.

어떤 별이 어떤 별을 비추는지 분명히 볼 수 있게끔
별들의 위치를 바꿀 능력도 없으면서
과연 우리가 자연의 질서에 관해 논할 자격이 있는 걸까요?

사방으로 넓고 깊게 차오른 저 괘씸한 안개!
위풍당당 푸른 초원을 가득 메운 저 먼지 덩어리들!
공기의 파장을 타고 공명하는,
짹짹거리는 가냘픈 비명과 으르렁대는 괴성!

오로지 인간의 소유물만이 완벽하게 낯선 것이 될 수 있는 법.
나머지는 그저 여러 가지 잡풀이 뒤섞인 숲이고, 두더지가 파놓은 구멍이고,
바람일 뿐입니다.

인간이 대지에 선을 그은 것은 언제부터였을까. 그 선이 생겨난 이후, 무수한 전쟁과 살육이 확산되어왔다. 나라와 민족을 나누고, 땅과 하늘을 가르는 국경선. 처음으로 국경선을 넘었던 스물셋 무렵. 철도 패스 한 장에 기대어 유럽 이곳저곳을 기웃거리던 그때. 나라와 나라 사이의 경계를 넘기가 어이없을 정도로 간단했다. 기차 안으로 제복을 입은 이가 올라와 여권을 보여달라고 요구하고 여권을 건네면 잠시 훑어본 후 도장을 찍었다. 질문도 없이 그게 전부였다. 여권을 내밀 때마다 긴장했지만 매번 아무 일도 없었다. 프랑스에서 밤을 맞았는데 아침이면 독일에 가 있었다. 독일에서 체코로, 체코에서 오스트리아로, 오스트리아에서 헝가리로…… 그토록 쉽게 다른 나라로 건너갈 수 있다니. 남으로도, 북으로도 선을 넘을 수 없는 나라에서 온 내게는 경이로운 경험이었다.

한 번 국경선을 넘어봤으니 두번째는 더 쉬울 줄 알았다. 두 해가 지난 후 영국으로 유학을 떠나던 길이었다. 런던 히드로 공항에서 무슨 이유에서인지 따로 붙잡혀 들어가 피검사를 받아야 했다. 아마도 내가 개발도상국에서 온 미혼 여성이라서였을 것이다. 유학 서류를 내밀어도 이민국 관리들 눈에는 불법 체류의 가능성이 높은 가임 여성으로 보일 뿐이었다. 그토록 간단하게 보였던 국경 넘기가 국적과 성별에 따라 까다로운 일이 될 수도 있구나 체험한 셈이었다.

영국에서 공부하는 동안 패스포트, 여권에 대한 자각이 조금씩 생겨났다. 기숙사에서 만난 대만인 친구 릴리의 말이 그 계기였다. 대부분의 유럽 국가를 무비자로 여행할 수 있다는 이유만으로 그녀는 내

국적을 부러워했다. 자기네들은 중국의 압력으로 공식 수교를 맺은 국가가 적어 거의 모든 나라에 갈 때 비자를 발급받아야 한다면서. 릴리보다 상황이 더 나쁜 망명자 신분의 친구들도 만나게 되었다. 인도에 사는 티베트인, 팔레스타인 출신으로 시리아나 레바논에서 살아가는 친구들. 나라를 잃은 이들이나 가난한 나라의 국민에게 국경선은 넘을 수 없는 단단한 벽이었다.

그간 넘어본 국경선 중 에티오피아와 케냐 사이의 국경선이 가장 극적인 경험이었다. 에티오피아의 수도 아디스아바바에서 케냐를 거쳐 탄자니아로 가는 길은 이동에만 꼬박 2박 3일이 걸렸다. 낡고 비좁은 버스에 짐짝처럼 실려 비포장도로를 하루 종일 달려와 국경 마을 모얄레에 도착했다. 국경의 풍경은 황량했다. 다 쓰러져가는 건물에 총을 든 군인 두어 명. 간단한 입국 심사를 마치고 케냐에 들어섰다. 이제 '지옥길'이라 불리는 나이로비행 트럭을 갈아탈 차례였다. 쇠창살을 두른 대형 화물 트럭이 기다리고 있었다. 이번엔 트럭 짐칸에 타는 건가 싶었는데 거기에는 이미 수십 마리의 염소가 빼곡했다. 천도 씌우지 않아 사방이 뻥 뚫린 철망 꼭대기에 커다란 타이어가 하나 얹혀 있었다. 그날 국경을 넘을 이들의 자리였다. 그 타이어 위에 예닐곱 명의 사람들이 엉덩이를 붙이고 모여앉았다. 철망을 양손에 잡고 사력을 다해 버텨야 했다. 졸다가 깜빡 손을 놓치면 바로 추락해 염소를 압사시킬 판이었다. 몸을 다치는 것보다 염소 값을 물어주게 될까 겁이 났다. 트럭은 쉬지 않고 달렸다. 돌이 여기저기 박힌 거친 비포장길이었다. 온몸이 부서질 것 같은 고통 속에 해가 지고 밤이 찾아왔다. 완벽한 적막이었고 촘촘한 어둠이었다. 문득 고개를 들어보면 하늘을 가득 메운 별들이 무리지어 반짝일 뿐, 어디에도 빛은 없었다. 그 별빛에 고단한 몸을 달랬다. 꾸벅꾸벅 졸다가 스치는 나뭇가지에 몸을 찔리기도 했다. 마침내 밤이 지나간 자리에 아침해가 떠올랐다. 지평선을 태울 듯 넘실거리며 떠오르는 붉은 태양이었다. 그 너머로 색색의 화려한 목걸이와 귀고리로 치장한 여인들이 물동이를 이고 어딘가로 걸어가고 있었다. 아침도 밤만큼이나 아름다웠다. 하지만 절대 두 번은 겪고 싶지 않은 경험이었다.

내가 넘었던 에티오피아와 케냐와 탄자니아를 가르는 선을 포함한 아프리카 대륙의 국경선은 직선이었다. 소수의 인간들이 분할통치를 하고자 제멋대로 그어놓은 선이었다. 같은 부족끼리 모여 살던 아프리카 사람들은 그렇게 원치도 않았던 나라의 국민이 되어 끝없는 분쟁에 시달리고 있었다. 아프리카를 여행할 때 육로로 이집트에서 수단을 거쳐 에티오피아로 넘어오지 못한 이유도 부족 간의 갈등으로 인한 내전 때문이었다. 반면 탄자니아의 세렝게티에서 들여다본 야생동물들의 세계는 자유로웠다. 그 거대한 초원에서 인간이 그어놓은 국경선 따위는 아무 의미가 없었다. 수십만 마리의 누와 얼룩말들이 케냐와 탄자니아를 자유롭게 오갔다. 어제는 케냐의 초원에서 풀을 뜯던 기린이 오늘은 탄자니아의 호수에서 물을 마셨다. 지난밤에는 케냐 땅에서 가젤을 쫓던 치타가 오늘 오후에는 탄자니아에서 임팔라를 노려보고 있었다. 독수리들은 가없는 하늘가를 빙글빙글 맴

돌고 있었다. 인간의 모든 통제와 관리를 벗어난 태초의 공간이 그곳에 펼쳐지고 있었다. 대지에 어떻게 선을 긋고 그걸 사고팔 수 있느냐고 되물었던 아메리칸 인디언들의 마음을 그제야 알 것 같았다.

그런 인디언의 마음과 맞닿은 시가 바로 비스와바 쉼보르스카의 「시편」이다. 인간이 만든 선은 하늘의 구름도, 사막의 모래 알갱이도, 산속의 조약돌도 막지 못하는 부실한 선이라는 선언부터 얼마나 경쾌한가. 국경선의 바리케이드 위에 참새가 앉아서는 머리는 이 나라 쪽에 두고, 꼬리는 저 나라에 속한 채 몸을 흔들면 그 참새는 지금 어느 나라에 있는 거냐고 시인은 발랄하게 되묻는다. 어디로 가느냐는 국경 수비대원의 질문이 개미와 참새 같은 존재들에게 향한다면? 인간이 스스로 만든 이 세계의 혼란과 무질서를 파악하겠다고 덤비는 어리석은 자가당착을 사랑스럽게 비웃는다. 인간은 늘 제가 지닌 것을 낯선 것과 익숙한 것, 내 것과 네 것으로 가르지만, 실상 자연은 그런 구분이 없는 세계임을 재치 넘치게 표현한다. 인간을 포함한 모두가 자연 속에 마구 뒤섞인 존재들이라 가를 수도 나눌 수도 없는 것인데! 시인이 말하는 국경선은 단지 물리적인 선만이 아닐 것이다.

돌이켜보면 인간의 역사는 선 긋기의 역사였다. 국경선처럼 수많은 경계로 촘촘히 나누어진 역사였다. 계급, 인종, 성적 정체성, 종교 등 모든 것에 선을 그어 내 편과 네 편을 나눠온 갈등의 세월이었다. 그 무수한 선을 지우기 위해서는 선을 넘어가 만나는 수밖에는 없다. 살과 살을 부딪히며 마주앉아 너와 내가 다르지 않고, 우리는 모두 '그저 여러 가지 잡풀이 뒤섞인 숲'일 뿐임을 확인해야 한다. 나 또한 아무렇지 않게 국경을 넘나들 수 있게 된 건 그만큼 넘어봤기 때문일 뿐이다. 한 번 국경을 넘어 다른 세상을 만날 때마다 내 안에서 하나의 선이 지워져갔다. 다른 피부색에 대한 두려움, 다른 종교에 대한 거부감, 다른 언어에 대한 막막함처럼 스스로 그었던 선들이 하나씩 희미해져갔다.

스스로 평등주의자라고 믿었지만, 내 안에도 편견과 선입견으로 그어놓은 선이 있었다. 흑인에 대한 편견이, 성적 취향이 다른 이에 대한 선입견이 있었다. 홍콩의 어느 빌딩에서 올라탄 엘리베이터에서 건장한 네 명의 흑인에게 둘러싸였을 때 그토록 두려움에 휩싸였던 것은 편견 때문이었다. 이란의 페르세폴리스 국립박물관에서 며칠째 같이 다녔던 프랑스인 친구 세바스티앙이 양성애자라고 고백했을 때 한동안 말문이 막혔던 것도 그런 선입견 때문이었다. 하지만 그렇게 만나 말을 섞고, 음식을 나누고, 시간을 보낼수록 나도 모르게 내가 그어놓았던 선을 지워갔다. 여성과 남성 사이에 그어진 선, 백인과 흑인을 나누는 선, 기독교도와 이슬람교도를 가르는 선, 이성애자와 동성애자, 장애인과 비장애인, 정규직과 비정규직을 갈라놓는 그 모든 선이 사라져야 한다는 것을 우리는 이미 깨닫고 있다. 이제 우리에게 다가올 역사는 그 선을 지워가는 시간이 되지 않을까. 존 레논의 〈이매진〉의 가사를 떠올려본다. "상상해봐요. 국가가 없다고. 어렵지 않아요. 죽일 필요도, 죽을 이유도 없어요. 종교도 없다고 상상해봐요. 모든 사람들이 평화롭게 살아가는 것을 상상해봐요." 장벽이 무너져 모든 경계가 사라진 그런 세상을 꿈꾸며 오늘도 국경을 넘는다.

25

사막의
사막 속으로

○

정호승, 「사막여우」

너를 따라 사막의 사막 속으로 도망쳐버릴 걸 그랬어
모래 위에 난 너의 발자국을 쫓아 영원히 사라져버릴 걸 그랬어
서울로 돌아와도 아무도 나를 찾는 이 없는데
이별한 뒤에도 또 이별할 일만 남아 있는데
너를 따라가 맛있는 너의 먹잇감이나 되어줄 걸 그랬어
추워 떨며 모닥불을 피우고 있는 나에게
네가 살며시 웃으며 다가왔을 때
나는 왜 너를 멀리 쫓아버리고 말았는지
사막의 그 먼 밤길을 오직 내가 보고 싶어 찾아온 줄도 모르고
굴속에 재워둔 귀여운 새끼들을 보여주고 싶어서
자꾸 날 따라오라고 손짓하는 줄도 모르고
나는 왜 날카로운 플래시의 불빛을 너의 얼굴에 계속 비추기만 했는지
네가 막 새벽 지평선 위로 떠오른
노란 오렌지 조각 같은 반달을 내 머리맡에 데리고 왔을 때에도
네가 사막의 별들을 모두 모래 위에 내려앉게 하고
흰 조약돌 같은 북두칠성을 내 손에 쥐여주었을 때에도
나는 왜 나를 버리고 너를 따라가지 못했는지
그리운 사막여우
네가 나 대신 물고 간 내 가난한 신발 한 짝은 잘 있는지
지금도 내 신발을 물고 힐끔힐끔 뒤돌아보며
사막의 사막 속으로 영원히 사라지고 있는지

열다섯 살 성탄절 새벽을 기억한다. 지난밤에 선물로 받은 『어린 왕자』를 읽고 있었다. 차가운 새벽 공기 속에서 몇 줄의 문장이 내 마음으로 들어왔다. "사막이 아름다운 건 어딘가에 샘을 감추고 있기 때문이야." "네 장미꽃이 그토록 소중하게 된 것은 네가 네 장미꽃을 위해서 들인 시간 때문이야." "네가 길들인 것에 대해서 너는 영원히 책임이 있는 거야." 샘을 품고 있다가 목마른 이에게 물을 내어주는 땅. 어린 왕자와 여우가 서로를 길들이고 헤어진 곳. 어린 왕자는 나에게 사막의 아름다움과 더불어 관계를 맺는 법에 관한 모든 것을 알려주었다. 그래서인지, 사막을 찾아간다면 나를 길들여줄 누군가를 만날 수 있을 것 같았다. 아무것도 숨기지 않으며 누구도 숨을 수 없는 사막이야말로 낯선 이와 비밀을 주고받기에 완벽한 공간이라는 생각이 들었다. 그렇게 서로를 길들이고, 길들인 것에 대한 책임을 배우는 만남이 찾아오기를 바랐다. 사막에 가닿는 날은 내 인생에서 아직 멀리 있었지만 그날 이후 내내 사막을 꿈꾸었다.

첫 사막으로 이집트 기자의 사막을 만난 이후 몽골의 고비 사막과 요르단의 와디 럼 사막과 인도의 자이살메르 사막을 거쳤다. 그렇게 사막을 찾아다녔건만 여전히 나를 길들여줄 한 사람을 만나지 못했었다. 모로코의 사하라 사막 입구에 이르렀을 때, 마을에 막 도착한 푸른 눈의 청년과 마주쳤다. 그가 배낭을 내려놓기도 전에 그에게 물었다. "지금 낙타를 타고 사막으로 갈 건데 같이 가지 않을래?" 입가에 미소를 띤 그가 망설임 없이 답했다. "그거 좋네." 그렇게 우리는 사막을 향해 떠났다. 에프루와 지미라는 이름의 낙타에 몸을 싣고. 햇살은 조금씩 기울었고, 바람이 선들선들 불어왔다. 이우는 해를 받은 모래언덕이 황금색으로 빛나고 있었다.

베두인 족의 텐트에 짐을 내려놓고는 사막의 남자들이 연주하는 류트 선율에 실린 노래를 들었고, 몰이꾼 오마르가 토기 그릇에 익혀 낸 타진으로 저녁을 먹었고, 모래언덕에 올라 해 지는 모습을 기다렸다. 지평선 너머로 노을이 번지는 동안 그에게 어린 왕자의 이야기를 들려줬다. 북구의 작은 나라에서 온 그는 어린 왕자를 모른다고 했다. 코끼리를 삼킨 보아뱀의 그림부터 시작해 그의 별에 사는 새침한 장미꽃과 규칙적으로 뽑아내야 하는 바오밥나무와 그를 길들인 여우와의 만남과 헤어짐까지. 의자를 한 발 뒤로 돌려놓기만 하면 몇 번이고 해 지는 모습을 볼 수 있는 어린 왕자의 소혹성 B612를 이야기할 때 그는 웃었다. 그리고 나는 이렇게 덧붙였다. 소행성 B612로 돌아가 제가 사랑하는 꽃과 재회했을 어린 왕자의 기쁨보다 그가 떠난 후 사막의 아침을 혼자 맞았을 여우의 슬픔을 늘 먼저 생각했다고. 길들여진 후의 외로움을 묵묵히 감당해야 했을, 사막에 혼자 남은 여우에게 먼저 마음이 서걱거렸다고. 한 번도 외로웠던 적이 없다는 그는 아마도 내 말을 이해하지 못했을 것이다. 그래도 그가 내 이야기에 귀를 기울인다는 것만으로도 그 순간은 충분했다.

밤이 내린 후에는 모닥불가에 담요를 두르고 누워 별똥별을 기다렸다. 낙타들이 건초 씹는 소리와 모닥불이 탁탁 튀어오르는 소리만 차올랐다. 가만히 귀를 모으면 이 세계의 모든 소리가 들려올 것 같았

다. 언덕 위로 어둠이 내려앉는 소리와 붉은 달이 별빛을 잠재우며 떠오르는 소리, 개똥벌레들이 모래 위에서 사랑 나누는 소리까지도. 그도, 나도 말이 없었지만 오래 입은 옷처럼 편안한 침묵이었다. 우리는 따로 또 같이 앉아 깊은 충만함 속에 머물렀다. 사막은 말하기 위해서가 아니라 침묵하기 위해 찾아오는 곳이었으니까.

다음날 새벽, 먼저 눈을 뜬 내가 물었다. "해돋이 보러 갈래?" 이번에도 그의 대답은 간결했다. "좋은 생각이야." 우리는 다시 가장 높은 모래언덕을 향해 걸었다. 발이 푹푹 빠졌고, 신발 속으로 모래알이 밀려들었고, 조금씩 숨이 가빠왔다. 언덕의 꼭대기에 다다라 어제저녁과는 반대 방향으로 몸을 돌려 앉았다. 완벽한 침묵이 우리를 지배했다. 붉은 해가 지평선 너머로 떠오른 후에도 한동안 말이 없던 그가 입을 열었다. "이것 때문에 여기까지 온 것 같아. 사막을 만나기 위해." 나는 이렇게 답했다. "이제는 집으로 돌아가도 될 것 같아." 보아야 할 것을 모두 다 본 듯한 기분이 들었다. 모래언덕에서 내려온 우리는 오마르가 끓여준 달고 뜨거운 박하차를 마신 후 낙타를 타고 마을로 돌아왔다.

온몸에 박힌 모래를 털어내고 정원의 그물침대에 막 몸을 눕힌 그에게 내가 물었다. "플라밍고 보러 안 갈래?" "그 새들, 나도 보고 싶었어." 그러면서 그는 몸을 일으켰다. 우리는 물병을 챙겨 뜨거운 햇살을 받으며 모래언덕의 반대편으로 걸어갔다. 햇볕을 튕겨내며 은빛으로 반짝이는 호숫가에 한쪽 다리를 든 플라밍고 수십 마리가 모여 있었다. 플라밍고를 바라보던 그가 고개를 돌려 나를 향해 싱긋 웃었다. "역시 이곳에 오길 잘했어. 최고의 선택이었어." 말수가 적은 그의 찬사에 나도 빙그레 웃었다.

그날, 그는 마라케시로 향하는 나를 위해 길을 우회했다. 새삼 낯설게 느껴지는 도시의 식당에서 함께 저녁을 먹었고, 불빛과 소음으로 어지러운 거리의 카페에서 박하차를 마셨다. 밤차로 떠나는 그에게 나는 엽서 한 장을, 그는 나에게 노란 스카프 하나를 건넸다. 나에게 잘 어울린다고 칭찬해줬던 그 노란 스카프는 사막 트레킹을 주선한 숙소에서 빌린 거였다. 본의 아니게 들고 온 '절도품'을 건네며 그가 말했다. "이제 외로울 땐 이 스카프를 둘러. 여기에 내가 같이 있으니까 외로움 따위는 느끼지 않을 거야. 이 스카프를 두를 때면 넌 늘 내 생각을 하게 될 거고." 밀밭을 보면 금빛 머리칼을 지닌 어린 왕자를 떠올리게 될 거라는 여우의 말을 따라한 농담에 나는 웃었다. 그가 스카프를 내 목에 둘러줬다. 가벼운 포옹을 끝으로 우리는 각자의 길로 멀어졌다. 첫 만남인 동시에 마지막 만남이었다.

사막과 설산과 바다를 가로질러 서울로 돌아온 그해 여름, 「사막여우」를 읽었다. 홍대 주변에 자리한, 사방이 벽으로 가로막힌 작은 원룸에 머물던 때였다. 밤이 되어도 도시는 잠들지 않았다. 새벽까지 불빛이 환했고, 골목에는 술 취한 이들의 소란이 그치지 않았다. 열어놓은 창으로 넘어오는 소음에 잠들지 못하고 뒤척이던 밤, 시집을 펼쳤다. "너를 따라 사막의 사막 속으로 도망쳐버릴 걸 그랬어"라는 이 시의 첫 줄을 읽는 순간, 사하라 사막의 그 밤으로 되돌아갔다. 모래언덕에서 등을 기대고 앉아 있던 저녁과 모닥불 앞에서 별똥별을 기다리던 그 밤으로. 이것으로 충분하다고, 내일이면 헤어질 거니까 더는 가까워져서는 안 된다고 애써 마음의 문을 닫아걸던 시간이 되살아났다. "서울로 돌아와도 아무도 나를 찾는 이 없는데 이별한 뒤에도 또 이별할 일만 남아 있는데." 어쩌자고 나는 마음을 접었던 걸까. 오렌지 조각 같은 반달과 사막의 별들과 조약돌 같은 북두칠성을 보여준 사막여우를 시인이 끝내 따라가지 못했듯 나 또한 그가 내게 건넸던 몇 번의 신호를 모른 척했다. 나는 늘 여우를 만나길 바랐지만 길들임에 따르는 책임을 감당할 자신이 없어 마음을 내주지 않는 가난한 사람이었다. 그랬으니 내가 흘리고 온 마음 한 조각을 여전히 간직하고 있는 사막여우도 없을 것이다. 늘 찰나의, 번쩍이는 공감만으로도 충분하다고 믿어왔다. 그래서 서로를 길들일 틈조차 주지 않고 돌아서곤 했다. 하지만, 만약 거기서 한 발짝을 더 떼었더라면, 그래서 우리가 조금씩 서로를 길들였다면 어떤 일이 일어났을까. 헤어질 때는 조금 울었겠지만 이렇게 아쉬워하며 그리는 밤은 없었을 것이다.

길 위에서 놓아버린 몇 번의 인연을 생각하며 시를 읽던 밤, 다짐하듯 중얼거렸다. 다시 사막에 간다면, 모닥불 앞에 앉은 내게 여우 한 마리가 다가온다면, 그때는 힘껏 팔을 벌려 그를 끌어안겠다고. 사막의 사막 속으로 그를 따라 도망치겠다고.

26

별과 우주

○

조용미, 「천상열차분야지도」

天象列次分野之圖, 오래전 천체의 궤도는 이 돌의 거대한 둥근 원 안에 굳어버렸다
해와 달과 천상의 모든 별자리들이
이 검은 대리석 안으로 걸어 들어갔다
어둠 속에서 무덤을 지키고 있는 묘석들처럼
오래 침묵을 삼켰다
별자리를 이은 선들은 부적처럼 어둠의 수면에 빛나는 길들을 이어놓았다
입김을 불어넣어 검은 대리석 안의 별들을 조심조심 불러내면
밤하늘이 서서히 움직이는 소릴 들을 수 있다
은하수에서 흘러나오는 천상의 음악을 들을 수도 있다
하늘은 글자 없는 경전을 펼쳐 보인다
그걸 읽다 보면 주문처럼,
별들이 몸에 와 박힐 것이다
누구도 이 검은 대리석 경전을 다 읽을 수는 없다

인도 북서부의 라다크에 머물 때였다. 1년 중 여름 석 달만 육로가 뚫리는 곳이었다. 델리에서 출발해 마날리까지 열두 시간, 마날리에서 라다크의 주도인 레까지 다시 스물네 시간이 걸리는 먼길이었다. 밤의 장막을 가로지르고, 히말라야의 설산을 지나 사막처럼 건조한 땅으로 들어서는 동안 높고 가파른 고개를 연달아 넘었다. 마지막 고개는 세계에서 두번째로 높은 도로인 5328미터의 타그랑라. 지프차

를 같이 타고 온 여행자들이 고산병으로 하나둘 쓰러졌다. 레에 도착해 병원에 실려간 이들을 돌보다보니 어느새 밤이었다. 숙소로 돌아가는 길에 전기가 나갔다. 해발고도 3000미터가 넘는 산간 마을은 칠흑 같은 어둠에 포위되었다. 두려움이 밀려들 정도로 짙은 어둠이었다. 여름이었지만 밤이면 기온이 영하까지 내려가기도 하는 곳이었다. 몸을 떨며 어둠에 익숙해질 때까지 앉아 있다가 무심히 하늘을 올려다봤다. 정신이 아득해졌다. 그 넓은 하늘에 빈 공간이 없을 정도로 별들이 가득했다. 손을 뻗으면 별이 손 위로 쏟아져내릴 것 같았다. 이토록 선명하게 빛나는 별이라니. 어쩐지 인생을 잘못 살았구나 하는 억울함까지 밀려들었다. 몸이 덜덜 떨려오는 추위를 견디며 오래도록 밤하늘을 올려다봤다.

그날 밤 이후 불빛이 적은 곳을 지날 때면 습관적으로 밤하늘을 올려다보게 되었다. 야간버스의 창 너머로 비친 샛별, 배를 기다리던 항구에서 바라보던 새벽별, 깊은 산에서 캠핑을 하다가 화장실을 가기 위해 나선 길에 올려다보는 별. 그 별들은 객지에서 맞는 쓸쓸한 밤을 얼마간 낭만적으로 만들어주었다. 아프리카의 대초원 세렝게티에서 밤하늘의 별을 헤아릴 때는 가까이에서 하이에나의 울음소리가 들려오기도 했다. 오랫동안 마사이 전사들에게 길잡이별이었을 북극성이 유난히 반짝이고 있었다. 한 많은 여인의 울음소리 같은 바람이 불어오던 아이슬란드의 국립공원에서 하늘을 올려다보던 밤도 있었다. 어느 순간 별빛이 희미해지더니 '춤추는 신의 영혼'이 동편 하늘에 나타났다. 연기 같기도 하고 구름 같기도 한 푸른빛의 오로라가 춤추듯 흔들리며 밤하늘을 채우던 새벽이었다. 언젠가 도쿄의 천문관에서 만난 밤하늘도 잊을 수 없다. 둥글고 검은 인공의 천구 위로 겨울 별자리들이 떠올랐다. 지구에서 가장 번화한 도시가 아니라 사막에 모닥불을 피우고 드러누운 것만 같았다. 그렇게 나는 별을 찾아다녔다. 도시에서 멀어질수록, 밤이 깊어갈수록 밤하늘이 살아났다. 한낮의 거리보다 밤의 하늘이 더 나를 설레게 했다.

하늘을 향해 고개를 드는 생명체는 지구에서 인간뿐이라고 했던가. 인류는 직립을 시작한 이후 하늘을 올려다보며 살아왔다. 밤하늘의 별을 보고 육지와 바다의 길을 찾았다. 별자리에서 신과 사람과 동물의 모습을 찾아내 신화를 만들었다. 밤하늘에서 벌어지는 일을 관찰하며 인류는 지상의 삶을 꾸려갔다. 달이 차고 이우는 일, 해가 뜨고 지는 일, 일식과 월식, 별들의 이동을 들여다보고 머물 때와 이동할 때를 정했고, 농사의 절기를 지켰다. 때로는 별들의 움직임 속에서 신의 메시지를 읽으려 애쓰기도 했다. 수만 년 동안 밤하늘은 우리 삶의 안내서였다. 어째서 인류는 그토록 별에 매혹되었던 걸까. 어둠에 대한 공포가 어둠 너머의 밤하늘로 우리의 시선을 끌어당겼을까. 이 막막한 우주에서 고립되어 살아온 우리 존재의 의미를 찾고 싶었던 걸까. 우리가 어디에서 왔는지, 우리의 삶이 어떻게 시작되었는지를 알고 싶다는 호기심 때문이었을까. 우주에는 천억 개씩의 별을 거느린 천억 개의 은하가 있다고 하던데 그 무수한 별들 중에서 어쩌다 지구라는 별에서 인간으로 태어날 수 있었을까. 그 확률을 생각해보면

삶 자체가 기적이라는 말을 조금은 이해할 수 있을 것 같다.

밤하늘의 별빛을 바라보는 일은 시간의 의미를, 공간의 크기를 되묻는 일이기도 하다. 수만 년의 시간이, 수천 광년 깊이의 공간이 밤하늘에 펼쳐져 있다. 저마다 다른 시간을 지나 무한에 가까운 먼 공간을 가로질러온 별빛들. 고개를 들어 밤하늘을 바라볼 때 우리는 이미 사라진 별의 과거를 들여다본다. 암흑의 심연을 가로질러 이곳에 다다른 과거의 빛을 바라보노라면 저 너머 어딘가에 있을지 모를 다른 존재를 상상하게 된다. 고도로 발달한 문명을 지녀 전쟁도, 차별도, 학살도 사라진 평화로운 세계를 건설한 외계의 지적 생명체. 그들이 지구인에게 우호적이기까지 해서 언젠가 우리 별에 찾아와준다면? 가끔씩 여행지에서 천문기술이 집약된 건축물을 만날 때면 '우주인 제작설'을 믿고 싶어진다. 1년 중 춘분과 추분에만 빛이 내부의 신상을 비춘다는 이집트의 아부심벨 신전을 처음 보았을 때도, 마야인의 달력 그 자체이기도 한 치첸이트사의 피라미드 앞에 섰을 때도, 나스카의 지상화를 내려다보던 순간에도, 그 모든 것이 언젠가 지구에 다녀갔던 우주인들이 남긴 흔적이라고 믿고 싶었다.

인류의 뛰어난 과학자들이 별과 우주에 대한 신비를 조금씩 벗겨온 덕분에 나처럼 과학과 거리가 먼 사람조차 우주에 관한 최소한의 상식을 지니게 되었다. 우주는 빛의 속도로 130억 년을 달려야 하는 크기라는 것을 알게 되었고, 푸른색의 별이 젊고 뜨거운 별이라는 것도, 붉은색의 별이 죽음을 앞둔 늙은 별이라는 것도 안다. 지금 바라보는 태양이 8분 전의 태양이라는 것도, 어두운 산길을 걷는 내 발밑을 비춰주는 달빛은 태양이 반사된 빛일 뿐이라는 것도 안다. 138억 년에 이른다는 우주의 역사를 1년으로 친다면 인간은 12월 31일 밤 9시 45분에 등장했다는 것도, 45억 년 지구의 역사를 이십사 시간으로 친다면 11시 59분 26초에 현생 인류가 나타났다는 것도 알게 되었다. 그 얄팍한 지식이 우주의 신비로움을 훼손시키지는 못한다. 별들이 세상을 떠난 후에도 우리를 비춘다는 사실이 여전히 기적처럼 신기하기만 하다. 우주의 비밀이 더 드러나기를 바라면서도 한편으로는 영원히 해석할 수 없는 경전으로 우주가 남아 있기를 바란다.

내가 여덟 살이 되던 해에 우주선 두 대가 지구를 떠났다. 보이저 1호라 불린 우주선에는 한 장의 청동 디스크와 축음기가 실려 있었다. 쉰다섯 개 나라의 언어로 된 인사말과 고래의 울음소리와 바다의 파도치는 소리, 참나무 사이로 부는 바람 소리와 사람의 심장 박동 소리, 기차의 기적 소리가 담긴 디스크였다. 발리 사람들의 가믈란 음악과 페루인들의 팬파이프 연주와 오페라 〈마술피리〉의 〈밤의 여왕 아리아〉, 바흐의 〈브란덴부르크 협주곡〉, 루이 암스트롱의 〈멜랑콜리 블루스〉도 실려 있었다. 그 디스크에는 딸에게 수유하는 엄마, 포도를 수확하는 농부, 집을 짓는 사람들과 출퇴근 시간의 도로, 비행기가 이륙중인 공항의 모습을 담은 사진도 있었다. 그로부터 약 40년이 흐른 지금까지도 보이저 호는 인류가 보내는 평화의 메시지를 싣고 여전히 우주 공간을 비행하고 있다. 태양계를 벗어나 성간 우주 여행을 계속하고 있는 보이저 호를 발견해 그 음반을 재생할 외계 생명체가 있을까. 그 사진을 들여다보며 지구인의 일상을 상상할 이들이 있을까. 보이저 호 탐사 계획을 지휘한 천문학자 칼 세이건은 그의 소설 『콘택트』에서 이렇게 말했다. 이 거대한 우주에 우리만 존재한다면 그건 엄청난 공간 낭비일 것이라고.

인공적인 불빛만이 가득해 밤이 되어도 결코 어두워지지 않는 이 도시에 머물다가 라다크와 사하라 사막과 세렝게티의 밤하늘이 그리워질 때면 경복궁 옆 국립고궁박물관을 찾아간다. 그곳에 서 있는 검은 돌 천상열차분야지도각석을 만나기 위해. 고구려와 조선의 과학자가 함께 그려낸 옛 하늘의 지도다. 네 개의 동심원 안에 1467개의 별이 그려진 검은 대리석. 태양이 지나가는 길과 눈으로 볼 수 있는 별자리의 한계선까지 표시된 별의 지도. 한 번도 온전히 읽힌 적 없는 비밀의 경전을 해석하려는 인간의 의지가 새겨진 돌이다. 가만히 검은 돌을 들여다보고 있으면 「천상열차분야지도」에서 조용미 시인이 그랬듯이 나도 밤하늘이 서서히 움직이는 소리를 들을 수 있을까. 인류의 역사는 누구도 읽을 수 없는 밤하늘의 세계를 읽고자 하는 열망으로 이어져온 것인지도 모른다. 그 검은 돌로부터 2000년이 흐른 1990년 2월 14일, 보이저 1호가 밸런타인데이 선물로 한 장의 사진을 보내왔다. 칼 세이건이 제안한 대로 명왕성 궤도에서 찍은 지구 사진이었다. 그 사진 속 지구는 하나의 점에 불과하다. 광활한 우주의 암흑 속에서 '창백한 푸른 점'에 지나지 않는다. '태양빛 속에 부유하는 먼지의 티끌 위'에서 살아가는 나는 곧 우주의 먼지가 되어 사라질 존재에 불과하다. 쓸쓸하면서도 슬픈 그 자각은 오늘 하루를 겸손히 살아낼 힘을 준다.

27

불편하지만 아름다운

○

미야자와 겐지, 「비에도 지지 않고」

비에도 지지 않고 바람에도 지지 않고
눈에도 여름 더위에도 지지 않는
튼튼한 몸으로 욕심은 없이
결코 화내지 않으며 늘 조용히 웃고
하루에 현미 네 홉과 된장과 채소를 조금 먹고
모든 일에 자기 잇속을 따지지 않고
잘 보고 듣고 알고 그래서 잊지 않고
들판 소나무 숲 그늘 아래 작은 초가집에 살고
동쪽에 아픈 아이 있으면 가서 돌보아주고
서쪽에 지친 어머니 있으면 가서 볏단 지어 날라주고
남쪽에 죽어가는 사람 있으면 가서 두려워하지 말라 말하고
북쪽에 싸움이나 소송이 있으면 별거 아니니까 그만두라 말하고
가뭄 들면 눈물 흘리고
냉해 든 여름이면 허둥대며 걷고
모두에게 멍청이라고 불리는 칭찬도 받지 않고 미움도 받지 않는
그러한 사람이 나는 되고 싶다

"나의 가장 뛰어난 재주는 욕심을 부리지 않는 것"이라고 한 이는 헨리 데이비드 소로였다. 그가 월든 호숫가의 숲에서 통나무집을 짓고 자급자족하며 2년을 보낼 수 있었던 것은 그 재주 덕분이었는지도 모른다. 소로는 짐짓 겸손하게 말했지만 그 재주야말로 이 시대를 살아가는 이들에게 가장 필요한 덕목이 아닐까. 물질적 풍요로움과 편

리함에 대한 욕심을 버리지 못하는 나는 여전히 숲으로 가지 못하고 도심 속 미세먼지를 잔뜩 들이키며 살아갈 뿐이다.

찔레꽃이 흐드러지게 피던 5월 말, 전남 장흥의 동백숲에서 사흘을 보냈다. 발랄한 아내 페달과 듬직한 남편 하얼, 귀여운 아기 비파가 사는 작은 집이었다. 앞마당 너머로 천관산이 우뚝 솟아 있고 뒤란 너머는 동백숲이었다. 세 식구가 사는 집에는 전기도, 수도도 없다. 겨울 내내 마련한 장작을 때 밥을 짓고, 물을 끓이고, 방을 데워야 한다. 냉장고가 없으니 저장 음식도 없고, 인스턴트식품도 없다. 한 끼를 먹기 위해서는 매번 음식을 만들어야 한다. 집 옆으로 흐르는 시냇가에서 비파의 천기저귀를 빠느라 두세 시간을 보내는 게 일상이다. 인터넷이라도 쓰려면 버스를 타고 읍내의 도서관을 찾아가야 한다. 그런 고단함을 감수하는 이유를 물었을 때 하얼의 답은 간결했다. "불편하지만 아름답게 살고 싶었어요."

내가 후원중인 환경단체의 활동가였던 페달은 함께 있는 것만으로도 즐거워지는 친구였다. 마찬가지로 환경단체에서 일하던 하얼도 페달의 그런 에너지에 반했다. 시골에서 뛰놀며 자랐던 페달은 늘 시골로 돌아가고 싶다는 열망을 품었으나 서울에서 나고 자란 하얼은 멋부리기 좋아하고 패스트푸드에 익숙한 도시 청년이었다. 한창 사랑에 빠졌을 무렵, 페달이 하얼을 꼬드겼다. 행복하게 살고 싶지 않느냐고, 내가 행복하게 해줄 테니 시골로 내려가 살자고. 자유로우면서도 생기 넘치는 방식으로 환경을 지키며 살고 싶었던 하얼은 그 유혹에 기꺼이 넘어갔다. 한옥 마당에서 소박한 결혼식을 올린 후 축의금은 전부 환경단체에 기부하고 둘만의 새 삶을 시작했다.

갓 서른을 넘긴 젊은 부부가 그렇게 서울 생활을 접고 장흥의 한 숲으로 들어온 게 4년 전. 전기와 수도 없이 살아가는 이들의 일상은 아름다운 모험의 연속이었다. 지난해, 원래 집에 덧이어 입식 부엌 공간을 새로 지으려 하는데 일손이 필요하다고 SNS에 글을 올렸다. 보수도 없지만 그 일을 하겠다며 전국에서 사람들이 모여들었다. 미용사는 머리를 잘라주고, 요리사는 밥을 해주고, 특별한 재주가 없는 사람은 청소를 자청했다. 마을에 빈집을 얻어 함께 자고, 함께 밥을 지어 먹으며 집도 지어 올렸다. 서로를 애칭으로 부르며 가진 것을 너나없이 나누며 몇 달간 더불어 살았다. 그렇게 발 벗고 나선 이들 덕분에 여섯 평짜리 흙집을 짓는 데 들어간 돈은 재료비 천만 원 남짓. 돈에 기반하지 않은 아름다운 공동체를 동백숲에 구현한 셈이었다. 장작을 땐 아궁이 옆에 둘러앉아 그 이야기를 듣자니 내가 아는 그 어떤 동화보다도 아름다웠다. 돈 있는 이는 돈으로, 힘 있는 이는 힘으로, 머리 좋은 이는 머리로, 저마다 지닌 재주를 대가 없이 나누다니 이거야말로 혁명이라는 생각이 들었다. 그런 경험을 한 페달과 하얼이 부러워 슬쩍 배가 아플 지경이었다.

원래 있던 집까지 더해도 열 평 남짓한 그 집에는 장롱도 없고, 수납장도 없었다. 두 사람의 옷을 담은 버들고리짝 네 개가 전부였다. 수납공간을 늘리지 말고 이 집에 맞춰 짐을 줄여 살자고 다짐했단다. 짐이 단출하듯 그들의 살림 규모도 가벼웠다. 페달과 하얼의 한 달 수

입은 사오십만 원 남짓. 하얼이 가끔씩 바구니 짜기 워크숍을 열고, 잡지에 시골살이에 관한 글을 연재해 버는 돈이 전부다. 그들은 "여기선 어차피 돈 쓸 데도 없어요. 정말 적은 돈으로 살 수 있으니까 아등바등 일하지 않아도 돼요"라며 웃었다. 돈의 노예가 아닌 삶의 주인으로 살고 싶어 숲으로 들어갔던 소로의 길을 그들도 따르고 있었다.

그러면서도 페달과 하얼은 유연했다. 동백숲에 들어올 때 정한 원칙이 있지만 그 원칙 때문에 자신들이 불행해진다면 버릴 수 있다고 했다. '자급'보다 중요한 게 '자족'이라 믿기에, 중요한 건 문명의 혜택을 무조건 거부하는 게 아니라 지금 지닌 것에 감사하는 태도라는 걸 그들은 이미 알고 있었다. 그런 페달과 하얼의 삶에 동조한 이들이 하나둘 동백숲으로 모여들었다. 해남에서 농사를 짓던 동이와 와이 부부가 딸 풀잎이를 비파와 함께 키우자며 터전을 옮겨왔다. 지리산으로 귀농했던 또다른 젊은 부부 정기씨와 희숙씨도 근처로 내려왔다. 그들은 모두 스스로의 힘으로 집을 짓고 있고, 하얼과 페달은 두 집을 오가며 노동력을 보태고 있다. 역사상 최악의 폭염이 닥쳤던 올여름 내내 집을 짓느라 고생한 하얼은 흑인이 되어버렸다며 사진 한 장을 보내왔다. 근사한 청년들이 노동으로 인해 생긴 이두박근과 초콜릿색 피부를 자랑하며 웃고 있었다. 같은 방향을 바라보는 젊은이들이 모여 서로의 삶을 고양시키며 살아가는 모습에 나까지 가슴이 뛰었다.

페달과 하얼의 집에 머무는 동안 내가 좋아하는 일본의 작가이자 시인이며 농부였던 미야자와 겐지의 「비에도 지지 않고」가 떠올랐다. 페달과 하얼의 삶은 시 속의 삶과 닮아 있었다. '튼튼한 몸으로 욕심은 없이 결코 화내지 않으며 늘 조용히 웃고' '모든 일에 자기 잇속을 따지지 않'으며 사는 정갈한 일상이 동백숲에 있었다. '하루에 현미 네 홉과 된장과 채소를 조금 먹'는 건강하고 소박한 밥상이 그들의 것이었다. 아픈 이를 서로 돌보고, 힘이 필요한 곳에 달려가 품을 나누고, 농사에 몸과 마음을 바치며 살아가는 날들이었다. 저토록 젊은 나이에 이토록 단단한 자기만의 길을 찾은 그들이 대견했다. 이 세계가 나아가는 방향과 반대로 가는 그들에게 누군가는 바보라고 손가락질할지 몰라도 삶의 끝이 다가오면 이번 생을 잘살았다고 미련 없이 눈감을 이는 어느 쪽일까. 칭찬이나 비난에 신경쓰지 않으며 묵묵하고도 즐겁게 제 길을 가는 이 젊은이들이 너무나 사랑스러웠다.

그들은 일상의 수많은 노동을 놀이처럼 해내고, 사소한 것에서 기쁨을 찾아내는 데 선수였다. 밤에는 쑥과 비자나무 열매를 넣어 끓인 물을 세숫물로 내놓았고, 아침에 방문을 열면 댓돌 위에 벗어둔 신발에 찔레꽃 한 송이가 놓여 있었다. 찔레향이 밴 신발을 신고 나가 냇가에서 세수를 하고 바람에 얼굴을 말렸다. 마당에서 딴 산딸기와 텃밭에서 뜯어온 야채로 만든 신선한 샐러드가 차려진 아침을 먹고 나면 산책을 했다. 그곳에서 내 몸과 마음은 더없이 편안했다. 씻기 위해, 화장실에 가기 위해 감수해야 하는 불편함 정도는 아무렇지 않았다. 그 불편함 대신 누릴 수 있는 즐거움이 더 컸으니. 밤이 오면 산등성이 너머로 펼쳐지는 별빛 가득한 하늘도, 반짝이며 날아다니는 반딧불이도, 자연에서 막 거둔 것들로 차려지는 건강한 밥상도, 일찍 잠

자리에 들어 숙면을 취하고 일찍 일어나는 일도 도시에서는 누리지 못한 것들이었다. 무엇보다 내 마음을 사로잡은 건 맑은 물과 깨끗한 공기였다. 아침저녁으로 동백숲에 오를 때면 마른행주로 닦은 듯 반짝반짝 빛나는 동백나뭇잎들이 햇볕을 튕겨냈다. 그 숲에서 전율할 정도로 행복했다. 숲은 고즈넉했고, 공기는 더없이 싱그러웠다. 할 수만 있다면 몇 달 치 산소를 다 빨아들이고 싶었다. 미세먼지 농도를 확인할 필요도 없이 언제든 신선한 대기 속으로 나설 수 있다는 것, 그것만으로도 페달과 하얼의 삶이 부러웠다.

편리와 풍요에 대한 과욕이라는 내 안의 먼지가 결국 세상을 미세먼지로 덮어 내 숨통을 다시 조여오는 역설이 내 삶이었다. 정작 불편한 삶을 감수한 페달과 하얼은 건강하고 쾌적한 일상을 누리고 있는데 나는 서울에서 뭘 하는 걸까 싶었다. 에어컨을 사지 않고, 집안의 모든 플러그를 빼놓고, 가급적 고기를 먹지 않는 것 정도로는 안 될 것이다. 사랑하는 지구의 아름다움을 지키기 위해선 보다 근본적으로 내 삶을 바꾸어야만 한다는 생각이 자꾸 들었다. 동백숲에 머무는 사흘 동안 페달과 하얼이 말없이 내게 묻는 것 같았다. 내 안의 먼지를 덜어내기 위해 무엇을 더 포기할 수 있는지를.

서울로 돌아와서 보일러 스위치를 올려 뜨거운 물에 몸을 씻고, 빨래를 세탁기에 집어넣은 후, 냉장고에서 시원한 캔맥주를 꺼내들었다. 문명의 혜택에 관한 한, 나는 욕심을 버리지 못하는 비루한 존재였다. 월든 호숫가도, 동백숲도 너무 멀었는데, 전기 스위치는 눈앞에 있었다.

28

혼자 살아간다는 것

○

고정희, 「객지」

어머님과 호박국이 그리운 날이면
버릇처럼 한 선배님을 찾아가곤 했었지.

기름기 없고 푸석한 내 몰골이
그 집의 유리창에 어른대곤 했는데,
예쁘지 못한 나는
이쁘게 단장된 그분의 방에 앉아
거실과 부엌과 이층과 대문 쪽으로
분주하게 오가는 그분의 옆얼굴을 훔쳐보거나
가끔 복도에 낭랑하게 울리는
그 가족들의 윤기 흐르는 웃음소리,
유독 굳건한 혈연으로 뭉쳐진 듯한
그 가족들의 아름다움에 밀려
초라하게 풀이 죽곤 했는데,

그분이 배려해준
영양분 가득한 밥상을 대하면서
속으로 가만가만 젖곤 했는데,
파출부도 돌아간 후에
그 집의 대문을 쾅, 닫고 언덕을 내려올 땐
이유 없이 쏟아지던 눈물.

미처 몰랐다. 내가 '혼자서 건너는 융융한' 사십대를 보내게 될 줄은. 이렇게 떠돌다가도 여생을 함께 보내고픈 이를 만나 세상의 어딘가에 배낭을 내려놓을 줄 알았다. 격식 같은 건 따지지 않고 한 남자를 지아비 삼아 다정하게 투닥거리면서 늙어가리라 생각했다. 깊은 산자락 아래 물 맑은 곳에 작은 집을 짓고 말이다. 그 평범하고 사소한 바람이 이번 생에는 허락되지 않는 것인지 나는 여전히 서울 한 모퉁이에서 혼자 살아간다. 나처럼 혼자 오래 살아온 이들이라면 한 번쯤 겪어봤을 것이다. 마트에서 가족과 함께 장 보러온 또래들을 보며 '다들 가정을 꾸리고 살아가는데 나는 뭐가 잘못된 걸까' 하고 흔들렸던 휴일이. 아무도 없는 빈집의 문을 열고 불을 켜는 일이 힘에 부쳐 자꾸만 귀가를 미루던 저녁이. 혼자 먹는 밥이 새삼 목에 걸려 휴대전화에 저장된 연락처를 넘겨가며 함께 밥 먹을 친구를 찾던 주말이. 고정희 시인처럼 나에게도 된장국이 먹고 싶을 때면 찾아가는 선배가 있다. 20년 가까이 그 집 문턱을 드나들었지만 단 한 번도 귀찮은 내색 없이 반가운 얼굴로 밥상을 차려주는 고마운 언니다. 손맛이 뛰어난 언니가 차려준 음식보다도 언니의 가족이 어울려 만드는 왁자지껄한 분위기에 홀렸던 것 같다. 그러면서도 '유독 굳건한 혈연으로 뭉쳐진 듯한 그 가족들의 아름다움에 밀려' 나 또한 괜히 초라해지기도 했다.

밥보다는 사람의 온기가 그리워 찾아갔다가 돌아오는 길이 더 쓸쓸해지는 밤이 있다. 혼자서 건너가는 이 삶이 어디까지 이어질지, 마지막 순간까지 이렇게 사는 건지 두려워질 때가 있다. 그럴 때 할 수 있는 일은 기억하는 거다. 서울이라는 도시에는, 한반도 남단에는, 지구라는 이 행성에는 혼자 밥을 먹고 혼자 잠자리에 드는 수백만, 수천만, 수억 명의 사람들이 있다고. 그리고 가끔 그런 사람들이 모여 함께 밥을 먹고, 함께 걷고, 함께 책을 읽으면 된다고.

전염병이 번졌던 해의 여름, 나는 좀 빈곤했다. 한 번도 넉넉하게 산 적은 없었지만 그해 여름은 유난히 힘에 겨웠다. 생활비를 줄이려 신문을 끊을까, 단체 세 곳의 후원을 중단할까, 보험을 해지할까 망설이던 건 처음이었으니. 그 몇 달간, 멀리 가지 않고도 한 번도 가본 적 없는 세계를 여행하고 있었다. 가난이라는 세계, 고독이라는 세계였다. 통장의 돈이 떨어져 빚이 느는 만큼 외로움의 무게도 늘어났다. 그동안 혼자여서 외로웠지만 역설적이게도 혼자였기에 내 고독의 무게는 가벼웠다. 내가 만든 가족이 없는 나에게는 사는 것도, 죽는 것도 단출했다. 그 단출함에 익숙해졌다 생각했는데, 지난여름에는 끌어안고 잠들 이가 없다는 사실이 서러웠다. 오죽했으면 그 무렵, 상황 불문하고 딸 가진 여자나 남자 있는 여자라면 무조건 부러웠다. 반려견이나 반려묘가 있는 사람조차 나를 외롭게 했다. 아니, 이 나라에 혼자 사는 남녀가 오백만이라는데 다들 어디 있는 거냐고 묻고 싶었다. 그 고단한 여름을 지나고 나니 혼자 밥을 먹고, 혼자 잠자리에 들 나 같은 사람들이 떠올랐다.

그런 이들끼리 모여 살아가는 이야기를 나누고 싶었다. 낯가림이

심한 탓에 그런 생각을 한 건 처음이었다. 그 시작은 잠시 방한한 나의 벗이자 스승인 쓰지 신이치 선생님(『행복의 경제학』『슬로 라이프』 등을 쓴 일본의 문화인류학자)과의 '밥 먹는 밤'이었다. SNS로 신청한 스무 명의 사람들이 연남동의 작은 식당에 모였다. 대부분 혼자 온 여성들이었다. 일만 하며 살다보니 꿈꾸던 삶에서 너무 멀리 와버려 쓸쓸하다고, 곧 회사라는 조직을 떠나야 하는데 그후의 삶이 두렵다고, 슬로 라이프를 실천하려 해도 일상이 바빠 마음을 내기 어렵다는 고백이 하나둘 이어졌다. 한 사람 한 사람의 이야기를 주의깊게 들은 선생님은 이런 이야기를 들려주셨다. "슬로 라이프는 물리적 속도가 아니라 관계에 대한 것입니다. 사람과 사물 사이의 관계, 나 자신이나 타인과 맺는 관계, 자연과 맺는 관계를 말하죠. 우리가 가진 유일한 것인 시간을 타인과 나 자신과 자연과 더불어 나눌 수 있다면 그것이 행복입니다. 시간을 나누지 못하니 불행할 수밖에 없는 거예요." 그 밤은 누구보다 나 자신에게 위로가 되었다. 서울이라는 거대한 도시에서 익명으로 살아가는 이들이 모여 서로의 시간을 나누고 마음을 털어놓을 수 있다는 것, 그래서 우리 모두가 관계를 갈망하는 존재임을 확인한 것. 처음 만난 이들과 함께 밥을 먹고 이야기를 나누니 마치 여행을 온 것만 같았다. 낯선 여행지에서 타인의 친절에 기대어 살아가던 나를 만나는 것 같았다.

처음이 어려웠지 두번째는 쉬웠다. 이번에는 '책 읽는 밤'이었다. 나이 때문에 올까 말까 망설였지만 끝내 용기내 자리한 오십대 여성도 있었고, '밥 먹는 밤'이 좋아서 두번째로 찾아온 이들도 있었고, 여자친구를 따라온 청일점의 청년도 있었다. 촛불을 밝히고, 싱잉볼을 울려 들숨과 날숨에 집중하는 짧은 시간을 가진 후 몇 편의 글을 돌아가며 읽었다. 『알래스카, 바람 같은 이야기』였다. 찬바람 부는 가을 밤, 광화문의 카페에 모여 앉은 우리는 고요히 몰입했다. 세 시간에 걸친 만남을 끝내고 돌아간 이들이 SNS에 짧은 소감을 올렸다. "수만 마리의 카리부가 울려대는 발굽 소리, 고래 이야기와 에스키모 노파의 춤이 생생하게 가슴과 머리와 귀를 스쳐간다." "'사람의 마음은 깊고 또 이상할 만큼 얕다. 사람은 그 얕음으로 살아갈 수 있을 것이다.' 출렁이는 얕은 마음. 책 한 권으로 설레어 잠 못 이루고 괜히 막 마음이 충만해지는 밤이다." "삶의 중요한 부분을 고민하는 좋은 사람들과 생각을 나누며 저녁을 함께하는 그 시간의 밀도와 따뜻함이 너무 좋았다." "척박한 나의 하루에 쉼표를 찍어 긴 호흡을 할 수 있었던 느리고도 값진 시간이었다." "목소리로 문장을 들으니, 글자가 아니라 사람을 읽은 것 같아 마음이 따뜻해지는 시간이었다. 여러 가지 생각을 가슴에 담고 있는 성인 여자의 사랑스러움을 깨닫기도 했다"는 고백도 있었다. 그 글들을 읽다가 뭉클해져 힘닿는 한 이런 모임을 자주 꾸려야겠다고 마음먹었다. 산책하는 밤, 음악 듣는 밤, 영화 보는 밤, 요리하는 밤 등등. 점들로 흩어져 있는 이들이 모여 선을 만들고, 그 선들이 모이고 모여 하나의 세계가 될 수 있도록. 저마다의 모순을 지닌 나약한 존재들이 모여, 서로의 약함에 기대어 살아가는 세상을 내 주변에서부터 만들고 싶어졌다. 혼자 방바닥을 긁으며 보낸 날들이 이런 변화의 기회를 주었으니 인생의 그 어떤 경험도 그냥 지나가는 것은 없나보다. 그날 이후 가끔씩 낯선 이들과의 모임을 꾸린다. 마음 내킬 때 SNS에서 공지를 하고 적은 인원이 모여 산책도 하고, 책을 읽는다. 그 부름에 응답하는 마음이 있다는 것, 그것만으로도 위안이 된다.

참고문헌

- 고정희, 「객지」, 『이 시대의 아벨』, 문학과지성사, 1983.
- 김선우, 「이런 이유」, 『나의 무한한 혁명에게』, 창비, 2012.
- 김선태, 「바오밥나무를 위하여」, 『동백숲에 길을 묻다』, 세계사, 2003.
- 김소연, 「눈물이라는 뼈」, 『눈물이라는 뼈』, 문학과지성사, 2009.
- 김승희, 「그래도라는 섬이 있다」, 『희망이 외롭다』, 문학동네, 2012.
- 김현승, 「아버지의 마음」, 『김현승 시전집』, 김인섭 엮음, 민음사, 2005.
- 나심 히크메트, 「9-10pm. Poem」, 존 버거, 『모든 것을 소중히 하라』, 김우룡 옮김, 열화당, 2008.
- 남진우, 「타오르는 책」, 『타오르는 책』, 문학과지성사, 2000.
- 메리 올리버, 「상상할 수 있니?」, 『완벽한 날들』, 민승남 옮김, 마음산책, 2013.
- 문태준, 「맨발」, 『맨발』, 창비, 2004.
- 미야자와 겐지, 『비에도 지지 않고』, 엄혜숙 옮김, 그림책공작소, 2015.
- 백석, 『정본 백석 전집』, 고형진 엮음, 문학동네, 2007.
- 비스와바 쉼보르스카, 「시편」, 『끝과 시작』, 최성은 옮김, 문학과지성사, 2007.
- 신경림, 「산에 대하여」, 『가난한 사랑노래』, 실천문학사, 2013.
- 안도현, 「바닷가 우체국」, 『바닷가 우체국』, 문학동네, 2003.
- 이문재, 「우리 살던 옛집 지붕」, 『내 젖은 구두 벗어 해에게 보여줄 때』, 문학동네, 2001.
- 이성부, 「봄」, 『우리들의 양식』, 민음사, 1974.
- 이소라, 〈바람이 분다〉, 6집 《눈썹달》, 2004.
- 정호승, 「사막여우」, 『포옹』, 창비, 2007.
- 조용미, 「천상열차분야지도」, 『삼베옷을 입은 자화상』, 문학과지성사, 2004.
- 틱낫한, 「부디 나를 참이름으로 불러다오」, 『부디 나를 참이름으로 불러다오』, 이현주 옮김, 두레, 2002.
- 허수경, 「청년과 함께 이 저녁」, 『혼자 가는 먼 집』, 문학과지성사, 1992.
- 황지우, 「거룩한 식사」, 『어느 날 나는 흐린 酒店에 앉아 있을 거다』, 문학과지성사, 1998.
- Allen Ginsberg, 『Collected Poems 1947–1997』, Harper Collins, 2006.

길 위에서 읽는 시

1판 1쇄 2016년 11월 25일
1판 5쇄 2021년 5월 31일

지은이 김남희
기획 김소영 | 책임편집 임혜지 | 편집 김소영
디자인 이효진 | 마케팅 정민호 양서연 박지영 안남영
홍보 김희숙 김상만 함유지 김현지 이소정 이미희 박지원
제작 강신은 김동욱 임현식 | 제작처 영신사

펴낸곳 (주)문학동네 | 펴낸이 염현숙
출판등록 1993년 10월 22일 제406-2003-000045호
주소 10881 경기도 파주시 회동길 210
전자우편 editor@munhak.com | 대표전화 031) 955-8888 | 팩스 031) 955-8855
문의전화 031) 955-2655(마케팅) 031) 955-2672(편집)
문학동네카페 http://cafe.naver.com/mhdn | 트위터 @munhakdongne
북클럽문학동네 http://bookclubmunhak.com

ISBN 978-89-546-4317-7 03810

www.munhak.com